J. M. Coetzee
IN THE HEART OF THE COUNTRY

Copyright © J. M. Coetzee,1976,1977
By arrangement with
Peter Lampack Agency,Inc.
350 Fifth Avenue,Suite 5300
New York,NY 10118 USA.
All rights are reserved by the proprietor throughout the world.

图书在版编目(CIP)数据

内陆深处/(南非)J. M. 库切著;文敏译. —北京:人民文学出版社,2022
(库切文集)
ISBN 978-7-02-015748-8

Ⅰ.①内… Ⅱ.①J…②文… Ⅲ.①长篇小说—南非共和国—现代 Ⅳ.①I478.45

中国版本图书馆 CIP 数据核字(2022)第 005835 号

责任编辑	王　婧　马　博	
装帧设计	陶　雷	
责任印制	王重艺	

出版发行	人民文学出版社
社　　址	北京市朝内大街 166 号
邮政编码	100705
印　　刷	三河市中晟雅豪印务有限公司
经　　销	全国新华书店等
字　　数	253 千字
开　　本	850 毫米×1168 毫米　1/32
印　　张	6.375　插页 1
印　　数	1—3000
版　　次	2022 年 2 月北京第 1 版
印　　次	2022 年 2 月第 1 次印刷
书　　号	978-7-02-015748-8
定　　价	68.00 元

如有印装质量问题,请与本社图书销售中心调换。电话:010-65233595

|1| 今天我父亲带着他的新娘回家了。他们乘坐一辆双轮轻便马车,拉车的马匹前额舞动着一支因旅程沾满尘土的鸵鸟羽毛,咯噔咯噔地穿过旷野而来。也许他们是乘坐插了两支羽毛的驴车,这也有可能。我父亲身穿黑色燕尾服,戴着高筒大礼帽,他的新娘戴一顶宽檐太阳帽,穿着腰部和领口束紧的白色礼服。更具体的细节我说不上来,除非添枝加叶,因为我根本没留意他们。我把自己关在房间里,午后半明半暗的光线呈现翡翠绿的色泽,我在那儿看书,或者更真实地说,我仰面躺在那儿,脸上蒙着一条湿毛巾,忍受着偏头痛的煎熬。我总是一个人待在房间里,看书、写作,要不就是跟偏头痛较劲儿。这个殖民地的姑娘全都这样,可我想,没有谁像我这么过分。我父亲总是在地板上来回走动,穿着黑靴子拖着缓慢的脚步,走过来又走过去。现在,来了第三个人,来了他的新妻子,那女人很晚才上床。这就是书中的反派们。

|2| 说说这新娘子。这是个贪图享受的大懒虫,一个百媚千娇的女人,生一张笑着的大嘴巴,那双黑眼睛就像两颗

莓子似的,两颗精怪的黑莓。她身个儿挺大,腰身很好看,手指纤细修长。她吃东西的样子津津有味。她睡觉、进食、发懒。她伸出鲜红的长舌头把鲜美的肥羊肉舔进嘴唇。"啊,我喜欢这个!"她说,随之翻动眼珠子微笑起来。我像被催眠似的老是盯着她的嘴巴看。接着,她宽大的嘴巴和精怪的眸子便朝我做出笑脸。我通常受不了她的笑容。我们不是幸福地生活在一起的一家子。

| 3 | 她是新娘子,这就是说老的那个已经死了。他原来的妻子就是我的母亲,但因为死去的年头太久,我都不大记得起她了。她死的时候我肯定还很小,也许还是刚出生的婴儿。从记忆的深坑中追根刨底挖出来的某个印象,只是一个模模糊糊的灰色影像,那脆弱的灰色影像是一个文弱而慈爱的母亲,在地板上缩成一团,这是任何一个处于我这般境遇的姑娘都会为自己想象的一幅图景。

| 4 | 我父亲的第一个妻子,我的母亲,是一个文弱的温柔女人,一辈子都生活在丈夫的淫威之下。她丈夫从来不肯原谅她没能给他生出一个儿子。他没完没了的性需求导致她在分娩时死亡。她太文弱了,没法给我那一心要想男嗣的父亲生出个粗野健壮的儿子,所以她死了。医生来晚了。送信人骑自行车去喊他,他坐着驴车摇摇晃晃地穿过四十英里田塍小路来到这儿。当他赶到时,我母亲已经平静地躺在灵床上了,面无血色,心怀歉疚。

| 5 | （可他为什么不骑马来呢？那时候有自行车吗？）

| 6 | 我父亲带着他的新娘子在家中穿梭时，我没有去看他们，因为我在自己位于西侧的黑屋子里暗自神伤。我本该面带微笑站在一边迎候他们，为他们端茶送水。可我没这么做。我没露面。并没有人想见我。我父亲也没留意我在不在。对我父亲来说，我从来就是一个不露面的人。所以，原本应该给这个家庭带来女性温情的我，一直以来却是一个零，一个无，一个让一切向内部崩塌的真空，一团紊流，被遮蔽着，模糊不清，像是穿过走廊的一道凉风，不为人注意，暗藏报复之心。

| 7 | 夜晚降临，我父亲和他的新妻子在卧室里嬉戏作乐。他们手握着手抚摩她的子宫，注视着它抽搐和绽放。他们缠绕在一起，她的肢体紧缠在他身上。他们咯咯地笑着、呻吟着。这是他们的美好时光。

| 8 | 在这体现了天意般的 H 形大宅里，我度过了自己的整个人生，这是一幢石块和光影构成的剧场，围了几英里长的篱笆，我的踪迹从一个房间转到另一个房间，居高临下地面对着仆人，我那暗色的父亲和他那总是板着面孔的亡妻留下的女儿。日复一日，黄昏时分，对着羊肉、土豆、南瓜，我们相对而坐，乏味的厨子做出乏味的食物。我们有交谈的可能吗？没有，我们不可能交谈，我们一定是默不作声地相对而坐，嚼着食物消耗时间。我们的眼睛，他的黑眼睛

和我从他而来的黑眼睛,茫然地掠过四周。随后,我们便回房睡觉,进入那喻示着我们受挫的欲望的梦境,那些欲望,我们幸而难以言表;早晨,我们像冷冰冰的苦行僧一般争着让自己起得更早,去把冰冷的炉子点燃。我们以农庄为生。

|9| 在黯黑的过道里,那座钟嘀嘀嗒嗒地送走日日夜夜。我给那钟上发条,每个星期一次,根据日影和历书校正它。农庄的时间是那种大千世界的时间,一分一毫都不差。我毅然决然地把那个隐蔽在心里的主观时间压下去;那些亢奋的迸发时刻,那些单调乏味的拖延。我的脉搏将与稳定于一秒一秒的文明世界一起脉动。某一天,某个至今还未降生的学者从这座钟里足以看出机械如何驯服了荒蛮。可是,他会知道那些高高的绿色天花板下清凉的屋子里午睡时分的荒凉吗?他会知道殖民地的女孩们闭眼躺在那儿默数数字的情形吗?这片土地上全是像我这样的精神忧郁的老处女,湮没在历史之中,就像祖传老屋里的蟑螂一样无精打采,我们总是把铜器擦得锃亮,总是在做果酱。年幼时,我们被专横的父亲追逐着,我们是怨怼的贞女,人生就这么毁了。强奸幼童:应该有人研究一下这种偏嗜的真实要义。

|10| 我活着,我忍辱受难,我在此处。如有必要,我也会诡诈,也会背信弃义,竭力避免成为被遗忘的人。我这个老处女,有一本带锁的日记簿,我还不只如此。我是一个心神不安的人,可我也远远不止于此。当所有的灯都熄灭时,

我在黑暗中微笑。我的牙齿闪着光亮,虽说没人相信这个。

|11| 她过来了,走到我身后,一股橘花香气袭来,她抓住我的肩膀。"我不想惹你生气。我明白你觉得不舒服了,心里不痛快,可并没有这么做的理由呀。我希望大家都能快快活活地在一起过。我什么事儿都愿意做,真的,如果能叫这儿的生活变个样。你相信我吗?"

我凝视着烟囱凹槽;我的鼻子肿胀,发红。

"我想让我们成为幸福的一家子。"她低声哼唧着,转着圈儿,"我们仨在一起。我要你把我当作姐姐,而不是敌人。"

我打量着这个贪婪女人的大嘴。

|12| 有时候我想象,倘若这么一个劲儿地喋喋不休,就能向我自己展示作为一个我所谓蛮荒之地的愤怒的老处女究竟意味着什么。虽说对每一桩奇闻逸事我都执着不放,就像狗嗅着自己的粪便,但我发现,没有一种假设能包含令人目眩的可能性,从而标志着某种真实的双重生活的起始。我渴念找到词汇,让我摇身一变而进入神秘英雄的国度,可我依然是干燥的夏日里一个慵懒而卑微的女人,无法超越自身。我缺的是什么?我咬牙啜泣。只是一种冲动吗?只是对另一种存在的想象的冲动便足以将我从存在的庸常带往象征的双重世界吗?我不是带着焦躁的冲动对每个小气泡颤抖不已吗?我的冲动中还缺少决心吗?我是一个满心愤懑但说到底仍踌躇自得的农家院子里的老处女,被自己

的愤怒裹挟着吗？我真的想要超越自己吗？我的暴戾及其不祥的后果：我想爬上那条船，闭上眼睛，在湍流中任其而下，越过波浪滔滔的水面，抵达平静的河口时再唤醒自己吗？这算是哪门子的无意识行为呢？这将带给我什么样的自由呢？如果没有自由，我的故事的意义何在？我对自己老处女的命运真是那样满怀怨怼吗？谁在压迫着我？你还有你，我说，蜷伏在炉灰堆里，我的手指戳向父亲和继母。可我为什么不从他们身边逃走呢？只要在别处能有过日子的地方，就会有神的手指又在指点我。抑或，迄今为止我还不了解自己，可是这会儿我全明白了，命运为我留了一手：我要成为头朝下背负十字架的人，成为对那些沉溺于狂暴之中而对别的故事完全视而不见的人的一种警示，是不是？可是，对我来说还能有什么别的故事呢？嫁给邻家的二儿子？我不是一个幸福的农人。我是一个悲惨的黑人处女，我的故事就是我的故事，即使它是一个无趣而愚蠢得无以复加的悲惨故事，我对其中包含的可能性尚一无所知，包括许多未曾涉猎的幸福的不同发展。我就是我，性格即命运。历史就是上帝。愤怒，愤怒，愤怒。

|13| 那天使，有时人家这么称她，那黑衣天使来把有色人种的孩子们从喉头炎和热病中拯救出来。在诊治疾病的过程中，她所有那些持家的严厉作风都转化为绵绵不绝的温情。夜复一夜，她和抽泣着的孩子们或是分娩的妇女待在一起，驱赶着睡意。"一个来自天国的天使！"他们说，那些阿谀者的双眸充满了渴望。她的心在歌唱。战时，她在

伤者最后几个小时里缓解他们的痛苦。他们死去时唇间带着微笑,凝视着她的眼睛,攥着她的手。她那怜悯心的储备无穷无尽。她需要被需要。如果没有人需要她,她会茫然不知所措。这还不能解释一切吗?

|14| 如果我父亲是一个更为软弱的人,他就能有一个出色的女儿。可是,他从来不需要什么。我着了迷似的需要被他需求,于是像月亮似的围着他转悠。以上是我唯一的可笑的推测,试图进入我们分崩离析的心理状态。解释就是宽恕,被解释就是被宽恕,但我,我又希望又恐惧,无法被解释和宽恕。(然而,我心里有什么东西使我要避开光明?我真的有什么秘密吗?抑或这横在我面前的屏障,只是为了神秘化我那更好的询问着的另一面?我真的相信在我文弱的母亲和作为婴儿的我自己之间那道缝隙里的什么东西,就是这黑而乏味的老处女的谜底吗?延长你自己,延长你自己,这是我从内心深处听到的悄声细语。)

|15| 我自己的另一面,既然我已经说到了我自己——那就是我对自然的爱,尤其是那些昆虫,那些不停地围着泥团打转、在粪堆和每一块石头底下急急奔走的、目的明确的生命。当我还是个小女孩时(编造,编造!),戴着饰有花边的遮阳帽,时常一整天趴在尘土中,我听说,我的甲虫朋友们跟我一起玩耍,灰色和棕色的虫子,还有个头大大的黑家伙——我忘记它们的名字了,不过能毫不费力地在百科全书中查到。我那些食蚁的朋友们堆出了造型优美的圆锥形

沙洞,在沙洞下面,我拨弄常见的红蚂蚁把它们搞得人仰马翻,而且,还时不时地翻找那些藏在扁石块底下的,色泽淡淡的萎缩的幼年蝎子,它见光就傻了,我便拿棍子去捅,在那时候我就知道蝎子不是好东西。我一点都不怕昆虫。我从家宅中走开去,赤足沿着河床逛游,发烫的褐色沙子在我脚底下嘎吱作响,从脚趾缝里钻了出来。我在流沙堆里铺开裙子坐下,感受着两腿中间暖烘烘的沙土。我将毫无忧虑,我清楚地知道,如果事情让自己陷入危机——虽说我不知道危机怎么来的——以致我要生活在泥棚茅屋里,或是住在树下的披屋里,甚至风餐露宿,跟虫豸去说话。实际上从这小姑娘的面庞依稀可以看出老去之后成了疯婆子的模样,而躲在树丛背后那黑皮肤的家伙,他什么都知道,肯定在那儿咯咯地窃笑。

| 16 | 我是和佣工的孩子一起长大的。我在学着像现在这样说话之前,嘴里说的也跟他们一样。我一直跟他们一起玩着棍子和石头的游戏,直到我知道我可以拥有自己的玩偶屋,里面爸爸、妈妈、彼得和简睡在他们自己的床上,柜子里干净的衣服都打理好了,抽屉推进又拉出,这工夫南南(那只狗)和弗利克斯(那只猫)在厨房煤堆前打盹儿。我和那些佣工的孩子们一起在草原上找寻卡玛根,给失去母羊的小羊羔喂牛奶,攀上围墙观看他们给羊洗药浴,还有为圣诞节宰猪的情形。我闻过小屋里的馊味儿,当他们像兔子似的横七竖八地睡在里边,我坐在他们那位瞎眼的老祖父跟前看他削制晾衣夹,一边听他讲述过去的故事——人

和牲畜从冬季牧场迁徙到夏季牧场一路上共同生活的经历。在老人跟前,我沉浸在往昔神话般的岁月之中,那时候牲畜也好,人类和主也好,都生活在一起,日常的一切简单得就像天上的星星,我一点儿不觉可笑。原初的岁月之梦一去不回,我怎么能够忍受那种失去的痛苦呢?没有了对过去岁月追忆的梦想——这梦想或许是染上了紫罗兰一般的忧郁色彩——若没有那放逐的神话,又怎么能够说明我的痛苦呢?母亲,芬芳的慈母,她迷药般的哺乳使我在溺爱中沉睡,然后,在夜晚的钟声中,又突然消失了,把我孤零零地扔在粗暴的手掌和僵硬的躯体之中——你到哪里去了?我失去的世界是一个人的世界,寒冷的夜晚、篝火、闪亮的眼睛,还有那些死去的英雄们漫长的故事——我还没有学会用他们的语言表述。

| 17 | 这屋宅里,在较着劲儿的女主人们跟前佣仆们躬身弯腰地各司其职,小心防备着可能落到他们身上的怒火。令人生厌的贱役使他们总在盼着争吵带来的那点戏剧性色彩,尽管他们知道对自己而言没有比她俩和睦相处更好的东西了。她们中间的巨人之战尚未爆发,小矮人趁夜开溜的日子还没有到来。他们所有的感觉不是那种依次出现,正反交替的,而是把暴怒、懊悔、怨恨和欢畅的滋味一锅煮了,他们经历过的这种眩晕使他们向往酣睡。他们希望在大房子里,但他们更想称病待在自己家里,躺在阴凉的长椅上打盹儿。杯子从他们手中滑脱,落在地上砸碎了。他们在角落里急速地悄声耳语。他们无端地责骂自己的孩子。

他们做噩梦。这就是佣仆的心理特点。

| 18 | 我既不独居,也不在人群中,只是混在一帮孩子堆里。他们不用言语交谈,这对我来说有些古怪,有些难懂。他们用动作、手势来表达,用面部表情和手上的变化,用肩膀和脚的姿势,用嘴里哼哼唧唧的细微差别,还有语法上从未记录的间隔和空白。我一点点摸索着了解有色人种,他们也在摸索着了解我:他们同样是懵懂地听着我的话,探索着语音的弦外之音,攒眉蹙额的微妙之处,这些将我要说的真实意思传达给他们:"注意,别惹我!""我说的不源自我。"彼此发出的信号就像穿越时空谷地的暗雾,我们要领会对方的意思每每把自己弄得精疲力竭。这就是我的言语并非人与人交流所用言语的原因。我独自在房间里不顾该干的活儿,身后的灯火不闪不晃,我念念有词地寻找自己的节奏,被词汇的石块绊倒,我还未曾听见从另一个口腔里发出这样的词汇。我用创造我的这种言语创造着我自己,我,生活在低眉顺眼的人们中间,从未被另一双平等相视的眼睛打量过,我自己也从未以平等相视的眼睛打量过别人。只要我成了自由的我,没有什么是不可能的。在我这处修道院似的房间里,我是那个命中注定的疯狂的女巫。衣服上沾着涎水,我弓腰曲背,病病歪歪,脚上满是角质硬皮,这拘谨的声音,无中生有地创造着乐句,偶尔无聊地打着哈欠,因为农庄里什么事儿也没有,在审查者鼾然睡去的寂静夜晚,流露出愤怒与疯狂的感情,属于疯狂的角笛舞——我与自己相伴起舞。

| 19 | 躯体之爱若有碑文上那种悖论式的隽语,那是何等的慰藉呢?我瞧着那贪欲的寡妇两片丰满的嘴唇,寂静中听见农舍地板发出嘎吱声,大床上发出柔情蜜意的悄声细语,感受着爱欲的香气扑面而来,在热腾腾的肉体气味中睡去。可是,怎样才能让隐秘的情欲变为现实呢?我,一个昏昏然的处女,赤身裸体地站在门口,问天问地。

| 20 | 这贪欲的寡妇竖起手指搁在丰满而黝黑的唇边,做了一个含义模糊的手势。她是警告我保持缄默吗?我这袒露的身体让她觉得好笑吗?透过敞开的帘子,满月的清辉泻在她的肩上,映出那丰满的带着嘲意的嘴唇。在她臀部的背后躺着一个熟睡的男人。她做出一个含义模糊的手势。她感到好笑吗?还是被惊吓了?夜晚的清风穿过拉开的窗帘。房间隐入暗影之中,熟睡者安然不动,我心里如敲鼓似的,盖过了他们的呼吸声。我该穿上衣服去他们那儿吗?他们会不会像幽灵似的一碰就消失了?她撮起丰满而充满嘲意的嘴唇看着我。我的衣服落在门口。如水的月光下她遍览着我卑微、乞怜的身体。我哭泣了,蒙住双眼,祈盼着一个人生故事平静地给我一个洗礼,就像别的女人经历的那样。

| 21 | 我父亲顶着酷热在尘土飞扬的地里劳作了一天,回家来就要洗澡,认为我自然要为他打理妥当。太阳落山之前一小时就开始点火烧水,以便他踏进前门那工夫就能

把热水倒入釉面砖砌成的浴盆里,孩提时候这是我的职责。随后,我就退到饰花围屏后面,接过他脱下的衣服,摆上干净的内衣裤。踮起脚尖走出浴室时,我便听到他入浴的声音,水花泼溅在他胳肢窝下面和两股之间,裹在水汽中那股好闻的肥皂味儿和汗液的臭味儿钻进我鼻孔里。后来,这职事就停止了;可当我想起男性的肉体,白色的、沉甸甸的、笨拙的,除了他的肉体,还会有谁的呢?

| 22 | 我透过窗帘的隙缝打量他们。她牵着他的手,提拽着自己的裙子,一步两步,从轻便马车上下来。她伸展手臂,微笑着打了个哈欠,戴着手套的手指上,收好的阳伞垂着、晃着。他站在她身后,低声说着话。他们走上屋前台阶。她眼里贮满了幸福和欢乐,这样的眼睛没有注意到扶在窗帘蕾丝花边上的手指。她腿脚轻捷地迈动着,显得通体和谐。他们进了门,看不见了,闲庭信步地,一男一女回家了。

| 23 | 夜晚到了,阴影先是拉长,然后遮蔽了一切。我站在窗前。亨德里克穿过院子去储藏室。鸟群在河床上聚拢,叽喳声时起时落。最后一缕光线中,燕子飞回屋檐下的巢,第一批蝙蝠飞出来了。掠食者钻出各式各样的巢穴,它们现身了,黄鼠狼、笔尾獴。在这非洲的夜晚,痛苦、嫉妒和孤独都在哪里?一个女人透过窗子瞥视着黑夜有任何意义吗?我把十个手指都揿在冰凉的窗玻璃上。我胸口的创伤被撕开了。如果说我是一个象征,那就是象征吧。我是不

完整的,我里面有一个洞,那意味着什么,可我不知道那是什么,我缄口无言,我的眼光穿过玻璃向外面的黑夜凝视着——完整的夜,在自身中活着,蝙蝠、树丛、掠食者和所有的一切,它们可没把我当回事,它们视而不见,并不意味着什么,只是它们自己而已。如果我压得再狠点,玻璃就会碎了,手上就要割出血口子,这一瞬间蟋蟀的歌吟就会戛然而止,随后接着再来。我待在屋宇中的一副皮囊里。我看出这儿不会有什么东西能把我释放到这个世界上。也没有什么东西能把这个世界带给我。我是汇入大千世界的一股声音的湍流,千千万万个细胞在哭泣,在呻吟,在咬牙切齿。

| 24 | 他们热汗涔涔,折腾不休,农舍整夜传出吱吱嘎嘎的声音。种子肯定是早已播下了,很快就会在她无知无觉的燥热中四处瘫坐,而身体中长大成熟,等着她的小粉猪拱来拱去。如果我也有个孩子,想象一下这般灾难降临到自己身上,那将是一个面黄肌瘦的孩子,将为他要害的疼痛而无休无止地哭泣,他会拖着虚弱的双腿蹒跚地从一个房间走到另一个房间,拽着母亲的围裙带子,藏着脸不跟陌生人打照面。可是,谁来给我一个婴儿呢?瞥见我躺在婚床上那副瘦骨伶仃的体形,谁不会陡然变一副冷脸呢?毛皮外衣盖到我的肚脐,腋窝下发出刺鼻的味儿,黑黑的髭须,眼睛警觉地注视着,防卫着,这样一个从来不会失去对自己的掌控的女人?在把房子吹倒前,要经历多么粗烈的喘息啊!谁能唤醒我沉睡的卵细胞呢?谁能照拂我分娩呢?我父亲,怒容满面,扬着鞭子?那些有色人种,畏畏葸葸的佣仆

们跪在地上,献上捆绑的羊羔,头一茬采摘的果蔬,野生蜂蜜,对处女生产的奇事窃笑不已?他的鼻子从洞中探出来,老爹的儿子,沙漠上离乡背井的反基督前来率领他的游牧部族开赴希望之乡。他们旋身起舞,击着鼓点,他们挥舞着斧头和干草叉,他们簇拥着这婴孩,走进厨房时见他母亲对着火焰念咒驱魔,或把一只只公鸡开膛剖肚,或坐在血淋淋的扶手椅上咯咯直笑。一个疯狂到足以弑父弑母(那可不是真的母亲)的灵魂,并知道其他的暴行无疑可以构建一个患癫痫症的元首,还有那些过分自信的农奴的进军,他们银白色的屋顶上日光灼耀,透过玻璃窗他们被无谓地射成了碎片。倒在尘土中的是霍屯督人①的儿子和女儿,苍蝇在他们伤口上爬行,他们被扔上大车运走,埋成一个尸堆。我在父亲重压之下终于分娩了,我死去活来地给这世界带来生命,可是看来只能造成死亡。

| 25 |　借着防风灯的亮光,我看见他们酣睡中无忧无虑的模样,她仰面而卧,睡衣皱巴巴地窝在臀部,他的脸朝下,左手握在她手里。我没有像预想那样攥着切肉刀,而是拿了一把短柄斧,女武神的武器。我像一个真正的诗侣,让自己心如止水,呼吸着他们的呼吸。

| 26 |　我父亲仰面躺着,赤身裸体,右手的指头钩着她左

---

　① 霍屯督人(Hottentot),南非西南部与好望角一带说科依桑语的土著黑人。

手的指头,下颌耷拉着,紧闭的黑眼珠关闭了所有的光和热,喉咙里发出嗤嗤作响的呼噜声,那条疲惫的瞎眼的鱼,我所有烦恼的来源,在腹股沟间软软地垂挂着(希望很久以前它所有的根须和球茎就都被拽出来!)。斧子从我肩头掠过去。在我之前各种人都干过这事儿,妻子、儿子、情人、继承人、敌人,我并非绝无仅有。就像拴在链子上的一个球,斧子从我手臂一端甩落,楔入我下面的脖颈,瞬息之间一切都狂乱了。那女人突然从床上直起身,瞪着四周,她浑身浸在血泊里,困惑地听着身边愤怒的喘息和血液的涌动。幸运的是,有时候比这更大的杀戮过程需要的只不过是掌事者的镇定自若!她扭扭身子将睡衣得体地掩过臀部。一个前扑,摁住他们四个膝盖中的一个,我挥手朝她脑壳狠狠砍去。她身子一折栽倒了,像个球似的往左窝成一团,那激情迸射的战斧还扎在她脑瓜里。(谁曾想我有这般惊人的能量?)挣扎的手指从床边伸过来抓我,我闪了个趔趄,这会儿须让头脑保持冷静,我要把他们逐个收拾,拔出斧子(这得费点事儿),忍着那股恶心劲儿,照着那些手那些胳膊猛然砍去,收拾了这些我才能腾出手来扯出床单把这骇人的一幕遮掩起来。此时此刻,我带着节奏一下一下砍去,也许超过了所需的时间,但这让自己镇定下来,准备进入我整个人生的新阶段。我不必再焦虑地惦记着如何打发时光。我打破了某种戒律,这个罪愆不会让我无聊。除了满屋子我留下的暴力痕迹外,还有两具结结实实的尸体要处理呢。我得装出一副若无其事的面孔,编出一个故事,所有的一切必须在黎明前亨德里克进来拿牛奶提桶之前解决。

| 27 |　我问自己:为什么我拒绝跟她说话?自从她乘坐一辆双轮轻便马车(拉车的马匹前额舞动着一支因旅程沾满尘土的鸵鸟羽毛,咯噔咯噔地穿过旷野而来),戴着那顶宽檐太阳帽到来之日,为什么我就执意尽量保持自己独角戏般的生活状态?是否可以想象另一幅情景,和她围着热气腾腾的茶杯坐在一起,不管是心怀戒备还是毫无芥蒂,小鸡在外面叽叽喳喳,仆佣们在厨房里悄声细语,这样开启新一天的早晨会如何呢?是否可以想象,我和她一起裁裁剪剪,或者跟她手牵手地在果园里逛游,咯咯地笑着?我是否可能并不是这座孤独农舍和这片石漠中的囚徒,而是被困在自己漠然的独角戏中?一直以来,我的暴躁行为是想让那些了然的眼睛闭上,还是想叫她闭嘴?难道我们不能围着自己的茶杯,学着像鸽子那样轻柔地低声交谈,或是在炎热而无眠的午休时分,从黑黢黢的走廊里擦身而过之际互相触摸,拥抱,依偎?难道这双充满嘲意的眼睛不能变得柔和起来,难道我不能变得温顺一些,难道我们不能像两个平常女孩一样整个下午躺在彼此的臂弯里窃窃私语——我摸摸她的前额,她用鼻子轻蹭我的手,我会被她那池水般深邃的双眸迷住的,我不介意。

| 28 |　我问自己:是什么将我诱入卧室这一禁域,使我有此犯禁之举?是不是因为在荒原里过了一辈子,裹着一身漏斗似的黑衣,我被邪恶的能量盘附于身,即使是过路小贩

或是偶尔来访的远房亲戚要么在进餐时被毒死,要不就是被砍死在床上?是不是粗粝的生活使人降至粗粝状态,只剩下纯粹的愤怒,纯粹的暴饮暴食,纯粹的怠惰?我从小到大的教养是否使我无法适应那种情感更为复杂的生活?这就是我为什么从不离开农庄,远离城镇生活,宁可让自己置身于一处象征之地的缘故吗?在这儿,简单的激情可以把它们四周搅得沸沸扬扬,进入无垠的空间,进入无尽的时间,释出它们各式各样的诅咒。

| 29 | 我问自己:我这么说对城市公平吗?是不是难以想象会有这样一座城市——那些屋顶上隐隐约约地飘忽着数以千计的烟囱里冒出来的火光,那些街道上传来数以千计喋喋不休的骂声?也许会有这样的街景;可这也太美术化了,而我不是画家。

| 30 | 我问自己:该怎么处理这些尸体呢?

| 31 | 地底下深处流动着地下河流,它穿过滴着晶莹水珠的黑暗洞穴,还有那些坟墓,如果能抵达那儿就好了,因为那儿藏着世界上所有的家庭秘密。我涉水走进温热的坝中找寻排水口——它从梦境深处发出召唤,引领我们走入地下的王国。我的裙子在腰间翻滚漂浮着,就像盛开的黑色花朵。红色的淤泥、绿色的浮萍抚慰着我的脚。我那双鞋就像一对被遗弃的双胞胎似的从堤岸望过来。所有冒险行为中,自杀是最具文学性的,更甚于谋杀。当故事临近结

局时,最后所有的歪诗都找到了发表之处。我久久凝视着天空和星星,平静地投去告别的目光,也许它们也在持续、平静而茫然地回望我,我呼出最后一口可爱的空气(再见,心灵!),然后潜入深渊。然后,挽歌般的恍惚过去了,其余所有的一切都冰凉、潮湿而滑稽。内衣裤在水中涨开。我过快地潜入水底,一如既往地远离想象中的旋涡。第一股水流涌进我的鼻孔,呛得我咳嗽起来,这是一个生物想要活命的盲目的惊慌。我手脚并用把自己拽出水面。我的脑袋冒出水面,喘着大气,随即在夜晚的空气中干呕起来。我试图让自己水平漂浮着,可是我太疲倦了,太疲倦了。也许我用麻木的手臂击拍过一两下。也许我又沉下去过,呛了一口水,现在对此不那么反感了。也许我又浮上水面,还在挣扎,必须等一会儿喘过气再来掂量我这衰弱的膂力。也许我现在只是在原处拍打着水面,进行着最后的交易——为了一个词语,放弃呼吸,半浮在水面上,犹犹豫豫地恳求着那些不在场的、所有不在场的(这会儿一连串不在场的、遥远的、看不见的事物正聚集空中),喝走那些狗,喝退那个笑话,在我再次下沉,转而郑重地探究自己的最后时刻之前。

| 32 | 然而,对这些幽深之处,我又了解多少呢?我,不过是一个做苦役的女人,白天在满是烟炱的角落里围着锅碗瓢盆打转,夜晚只能狠命地用指关节顶压着眼睛,光环层层叠叠地旋转着,等待着幻觉。如同杀人一般,死亡也许比我给自己编织的故事更为沉闷。丧失了人际交往的机会,

我不可避免地高估了自己的想象力,期望它能使平凡的事物焕发出自我超越的光环。然而,如果大自然不是以火焰之语向我们传递它的旨意,我问自己,为什么落日如此绚烂?(我并不相信什么悬浮尘粒的说法。)为什么蟋蟀都在夜间长吟,而鸟儿却在黎明歌唱?可是,这太晚了。如果还有工夫反复思量,也就有时间回厨房里去了,此刻,我有重要的事儿要对付,要把那两具尸体清理掉。不一会儿亨德里克就要打开后门了,确切说来,佣仆工作的本质是与他主人的污物亲密接触;但还可以确切地说,也有一种观点认为,尸体就是污物。亨德里克不仅具有这种本质,而且实质上也是这样,他不仅是帮佣,也是一个局外人。最先进来的会是亨德里克,要来拿牛奶桶,然后,过一会儿,安娜也要来了,洗碗碟,拖地板,铺床。当安娜见一家人还都悄无声息,而主人卧室里却不断传出擦洗的动静时,她会怎么想呢?她会在敲门之前犹豫一阵,侧耳倾听。我惊慌地喊出声来,她听见我的声音从沉重的门内嗡嗡地传出来:"不,今天不要!安娜,是你吗?今天别来,明天再来吧。请回去吧,拜托。"她轻手轻脚地走了。我把耳朵贴在门缝上,听到她走出去关上后门的声音,然后,虽说脚步声本该听不到了,却还是传来她踏在沙石地上的声音。她闻到血腥味了?她去告诉别人了?

| 33 | 这女人侧身躺着,膝盖顶在下颌上。如果我不着急,她会一直保持这个姿势。她的头发像黏糊糊的暗红翅膀一样盖住了脸庞。虽然她最后的动作是想躲开可怕的斧

头,紧闭着眼睛,咬着牙齿,但现在她的脸色平静了。然而,这男人,生命曾是那样顽强,最后仍动弹过。他最后的感受必定不会称心如意,用麻木的肌肉摸索着一个虚幻的安全地带。他躺在那儿,脑袋和胳膊伸出了床沿,被一大摊血染成黑色。也许,屈从于这温和的鬼魂对他来说还更好些,在离开的路上尽可能随之远走高飞,闭眼看一只燕子俯冲、上升、随风飞翔的情景。

| 34 | 这种时候还真是很侥幸——这会儿只剩下一个问题:清理。等摘掉这些血淋淋的胞衣之后,我才能有新的生命。这床单都浸透了血,要拿去烧掉。这床垫也得烧掉,好在未必今天就得处理。地板上有一摊血,等我搬动尸体时还会出现更多的血迹。这两具尸体怎么办?焚烧,埋掉,或是沉入水里。如果埋掉或是沉入水里,尸体就得从房子里搬出去。填埋的话,只能考虑土质松软的地方,也就是河床上。可如果埋在河床上,尸体没准会让下一场或是再下一场洪水给冲出来,又让他们回到这个世界上来了,两人腐烂的胳膊搭在一起,挂在横跨河水的篱笆上。倘若绑上重物,沉进水库里,尸体就会把水给污染了,再发生旱灾,他们就会重见天日,成了两具被拴在一起的骸骨,骷髅头还朝着天空龇牙咧嘴。可是,不管是埋掉还是沉入水里,都得挪出去,不管是整个儿用独轮车推走还是一小包一小包地运出去。我的脑子真是清晰啊,就像是一台机器的脑子。我够强壮吗,能否一个人把他们装上独轮车推走,还是只能把他们剁成我带得动的大小?我能独自一人把他们的躯体整个

儿运走吗？切割躯体时是否有一种不带淫秽意味的办法呢？我本该多留意屠宰的手法。怎样才能不用钻孔就能拆解紧紧相连的肌肉组织？用什么工具呢？螺旋钻？手摇曲柄钻？选在人来人往的地方，还是农庄哪处僻静的角落，例如地窖里，会怎么样呢？后院里堆放起火葬柴堆会怎么样呢？院子里一生火所有人都知道了怎么办？我能对付得了吗？

| 35 | 当然啦，实话说我能对付任何事情，如果感到羞愧，我什么都干不了，做这样的事情需要的只是耐心和谨慎（就像蚂蚁那样，但我比它们耐心谨慎得多），还有就是坚定的意志。如果在丘冈上漫步，毫无疑问，我一定能找到表面有孔隙的石头，它们要么是经过遥远的冰河期的水蚀形成的，要么是火山喷发形成的。在马车房里，恰好肯定就有好几码长的锁链，迄今尚未有人注意，此际却突然跃入视线，还有好几桶的火药和成堆的白檀木。然而，我发现这会儿自己在考虑着，是否该去找一个筋肉强健的同谋，此人不会犹犹豫豫地提出什么问题，把两具尸体扛在肩头，大步流星地去了，三下五除二地就把他们打发了，比如把他们塞进一个废弃的井里，再用大石块压上。总有一天，我必须要有另一个人，必须让我听见另一个人的声音，哪怕是辱骂的声音。我的独角戏是一个词语的迷宫，除非某个人来给我引路，否则我找不到出路。我转动眼球，我噘起嘴唇，我抻长耳朵，可镜子里的脸还是我的脸，而且一直都是我自己的脸，尽管我将它置于火中烤得都滴下油来。无论我那桩生

死交易如何丧心病狂,滚了一身血渍和肥皂水,无论我在夜里发出怎样的狼嚎,这些表演在我自己可怕的剧院中上演,那只不过是一种顺时应变的习惯反应罢了。我没有冒渎谁,因为没有人能让我冒渎,除了佣仆和死者。我如何得到救赎呢?这真是我吗(擦洗—擦洗—擦洗),这裸膝的女士?我——内心深处、无法言喻的"我"——是否更深入地卷入了这些事件之中,而不是仅仅此时此刻置身于某个时刻、某个空间点,重重暴力聚于此端,随后大费周章地擦洗,碍于佣仆的缘故,怕他们哇啦哇啦地从什么地方抖搂到什么地方?如果我转身而去,是否这灯光照耀的血淋淋的场景不会渐而隐没在记忆的隧道之中,转过号角之门,我留在走廊尽头阴暗的小屋里用指关节狠狠摩挲着眼睛,等着我父亲紧锁眉头,在那下面是黝黑的深如潭水的眼睛,再是洞穴似嘴巴,是否那里边仍永远地回荡着一个声音——**不**?

| 36 | 毕竟他不会那么轻易地死去。落日时分,他从外边骑马归来,面露不忿,犯了鞍伤。见我迎上去,他只是点了点头,高视阔步地走进屋里,一屁股坐到扶手椅里,等着我去给他脱靴子。过去的日子毕竟没有过去。他没有带一个新妻子回家,我仍是他的女儿,如果我能够收回那些恶言恶语,我也许仍是他的好女儿;虽说我看得出,在他思忖着失败时离他远着点可能有好处,因为我对求偶的方式一无所知,没有收入,因此无法理解他的失败。当机会再度来临之际,我的心又跳动起来,但我假装正经地欠了欠身子,低下头。

| 37 | 我父亲把食物推到一边,一口也没吃。他坐在前厅,凝视着壁炉。我替他点亮一盏灯,可他挥手叫我走开。在自己房间里,我拨开窗帘褶边,侧耳倾听他那边的动静。那是他的叹息,还是钟敲的声音?我解衣就寝。清晨,前厅不见人影。

| 38 | 六个月前,亨德里克把他的新娘带回家了。他们坐着驴车咯噔咯噔地穿过田野,从阿莫埃德长途跋涉而来,驴车沾满了尘土。亨德里克身穿黑色西装(那是我父亲给他的二手货),戴着一顶旧宽边毡帽,衬衫扣子一直扣到领口。新娘站在他身旁,紧紧拽着自己的披巾,孤单无助,面色忧虑。亨德里克以六头山羊外加一张五镑钞票(还保证再付五镑,或是再多给五头山羊,对这样的事一般人总是难以弄得很清楚的)作嫁妆,把她从她父亲那儿娶了过来。我从来没去过阿莫埃德,我似乎什么地方都没去过,也什么都不知道,也许我只是一个幽灵,抑或经纬线某个交叉点上一缕漂浮的云雾,被一个无法想象的法庭挂在这儿,直到发生了某件事,也许是一根木桩穿过埋在十字路口的一具尸骸的心脏,也许某处城堡塌陷到湖里——凡事皆有可能。我从未去过阿莫埃德,却有一种天赋,能毫不费力地想象出寒风萧瑟的荒丘,那些门口挂着粗麻布的铁皮小屋,那些命该如此的小鸡们在尘土中抓刨着,那些因寒冷淌着鼻涕的孩子从堤坝上辛劳地提来一桶桶水,亨德里克用驴车载来了他那裹着披巾、忸怩不安的年轻新娘。这会儿小鸡们在

驴车前受惊逃散,六头作为嫁妆的山羊用鼻子蹭着荆棘丛,透过它们的黄眼珠,打量着我永远不能领略的丰富的场景,这荆棘丛,这粪堆,这小鸡,这些跟在车子后面乱跑一气的孩子,所有这一切在阳光下混成了一片,自然而率真,但对我来说它们只是一些名词、名词、名词。毫无疑问,我之所以能够挺住(看着这些眼泪从我鼻翼上滚落下来,只是出于形而上的原因没让它落在我的日记里,我为失去的天真而哭泣,为我自己的和全人类的天真),是因为我的坚毅,我钢铁般的坚毅,我那钢铁般顽强而可笑的坚毅——拨开那些名词堆砌的玩意儿,进入阿莫埃德山羊的视野和那冷酷的荒漠,只给眼前的事物命名,尽管所有的哲人都已说过(可我,一个可怜的外省黑女人,时钟已敲过十下,在摇曳的灯光下,能知道什么哲理呢?)。

| 39 | 她整夜熟睡,躺在亨德里克身边,一个尚在发育的女孩,一会儿是膝盖在长,一会儿是腰部在长,各个部位都在协调地生长。在过去的岁月里,那是亨德里克和他的族人跟着他们的肥尾羊群从一个牧场迁徙到另一个牧场的时代,那个虫子袭来之前的黄金岁月(毫无疑问,他们是乘风呼啸而来),他们就从我坐着的这个地方撤营而去,真是个巧合啊,也许那时,亨德里克是一个族长,不必向任何人躬身屈膝,他床上有两个服侍他的妻子,依他的心意行事,依他的喜好扭动身肢,睡觉时紧贴着他,年长的在一边,年轻的在另一边,这就是我想象中的情景。可是今夜,亨德里克只有一个妻子,而学校校舍里那个老雅各比也只有一个妻

子,她怏怏不乐地咕哝着。黄昏时分,风中传来她的抱怨声,那些话,上帝保佑,都那么含糊不清,倒是没法算吵起架来,但那明显是一种指责的语气。

|40| 这不是亨德里克的家。没有人生来就在这片沙石荒漠上,没有人,除了昆虫,我自己是它们中间一只黑瘦的甲虫,翅膀是假的,更不会产卵,在阳光下闪闪发亮,这是一个真正的昆虫学之谜。在曩昔的岁月里,亨德里克的祖先带着他们的羊群和牛群穿越荒漠,从 A 地迁往 B 地,或是从 X 地迁往 Y 地,靠嗅觉寻觅水源,丢弃那些离群落单的人畜,勉力向前跋涉。其后某一天,人们动手筑起围栅——当然,这是我的猜测——马背上的男人,阴影中的面孔邀请他们停下来,安顿于此,这也许是命令,也许是威胁,这就不知道了,于是有人成了牧主,他的孩子自然承祧父业,他的女人们成了洗洗涮涮的工具。真是有趣之极,这样一部殖民地历史:历史是否真如我猜测的那样,可让我感到十分好奇;它就像一种充满思辨的哲学,一种令人玄思默想的神学,而现在,很明显,它倒有可能是一种疑问重重的昆虫学,所有都是我凭空编造的,更不用说这片沙石荒漠的地貌和牲畜饲养了。还有治家理财:我怎么来解释我生存的经济问题?与我相伴的是偏头痛和午睡习惯,是那些百无聊赖的日子,是那些终日沉思的倦怠——除非羊有东西吃(这儿终究不是一个昆虫农庄);但除了石头和矮树丛,我还能给它们吃什么呢?一定是矮树丛给羊儿们提供了养分(同样也给我提供了养分),那些褪色的低矮丛林草场,那些发

灰的灌木丛,在我眼里是一派沉闷景象,而在羊儿们的眼里却是鲜美多汁的食料。殖民史上还有另外一个伟大的时刻:第一只美利奴羊是用滑轮和索具从船上吊上来的,被帆布带捆着,吓得抖抖瑟瑟,不知道这里是不是丰美的应允之地,是不是能让它们世世代代在这养分充沛的矮树丛里吃草,不知道这里能否为我父亲和我自己在这孤独的小屋的生活提供经济基础,在此不耐烦地踢着脚后跟等着羊毛长出来而消逝的霍屯督人的遗族聚集在我们身边,成了伐木工、看闸人、牧羊人,或是终身佣仆,而我们在这孤独的小屋中百无聊赖,连苍蝇翅膀都拔了下来。

| 41 | 亨德里克并非生于此地。他不知来自何处,在我看来,他是我不认识的某个父亲和某个母亲的孩子,在艰难时代被送到世上,不管有没有得到祝福,去挣自己的面包。他在某一天下午来到这儿,要求一份工作,虽然我想不出为什么要来这儿。我们都是这世上的过客,从非A地来到非B,要是地理上可以这样标注,我希望我没有用错这个说法,我从来没有家庭教师,我不是那种长腿的调皮女孩,四处工作的家教喜欢搬一张小板凳坐在她们旁边,我性格阴郁、待人苛刻,因内心焦虑而显得呆头呆脑。一天下午亨德里克来到这儿,这个十六岁的男孩(这是我猜的),一路走来风尘仆仆,手里拄着一根棍子,肩上搭着一个袋子,在台阶底下停住脚步抬头看着我父亲,后者正坐着抽烟,眼光凝视远方:我们这儿的人惯常这样,这肯定是我们偏好思索的渊源,凝视着远方,凝视着火。亨德里克脱下帽子,这是个

典型的姿势,一个十六岁少年把他的帽子端在胸前,男人和少年都把帽子搁在这儿。

"Baas①,"亨德里克说,"问您好,Baas,我想找一份工作。"

我老爹清了清嗓子,咽下一口唾沫。以下是我猜想他说的话;我不知道亨德里克是否听见了我听到的,是否听见了那天我或许没有听到,现在却从我的心灵之耳中听见的东西,对这些话情绪化的或是不屑的半影。

"你想找什么样的工作?"

"什么工作都行——只要是工作就行,Baas。"

"你从什么地方来?"

"阿莫埃德,我的 Baas。可眼下是从柯布斯老板那儿过来的。柯布斯老板说这儿的老板会给我活儿干的。"

"你给柯布斯老板干过活?"

"没有,我没给柯布斯老板干过。我在那儿找过工作。他说这儿的老板能有工作给我。所以我来了。"

"你能干什么样的活呢?你能侍弄羊吗?"

"能的,我懂羊的,Baas。"

"你几岁了?你会数数吗?"

"我身体很棒的。我会工作。Baas 瞧着吧。"

"你现在能自己做主吗?"

"是的,Baas,我现在能自己做主。"

"你认识我农庄上的人吗?"

---

① 南非语:老板、主人。

"不认识,Baas,我在这儿什么人都不认识。"

"好吧,仔细听着,你叫什么名字?"

"Baas,我叫亨德里克。"

"仔细听着,亨德里克,去厨房里找安娜要咖啡和面包。告诉她要给你安排个睡觉的地方。明天一早,我要你到这儿来。然后我会把要干的活儿跟你交代。现在去吧。"

"是,Baas,谢谢你,我的 Baas。"

| 42 | 这段对话多顺畅啊,叫人舒心。真想我的生活也能像这样,问与答,语言和回声,而不是被"还有呢""还有呢"折磨。男人们的谈话是那么熨帖,那么安详,那么充满实实在在的目的。我本该是个男人的,我本来不应该变得这么酸腐;我本该整天都在太阳底下做男人们该做的事情,挖坑,筑围栅,清点羊只。厨房里有我什么事儿呢?女仆们滔滔不绝地谈天,飞短流长,微恙小疾,也谈论孩子,四下水汽蒙蒙,到处是油烟味儿,脚踝上黏着猫毛——我在这儿过的是什么样的日子啊?甚至喂了几十年的羊肉、南瓜和土豆,都没能让我长出真正乡村厨娘式的双下巴、大胸脯和大屁股,只给了我瘦瘦的臀部,松松垮垮地垂在后腿上。哎呀,我的意志力,我将它喻为裹在绉绸里的铁丝,毕竟不足以让我永远免受脂肪分子的影响:该死的,脂肪分子与我血液中的微生物厮杀时已被大量消耗,但它们还在向前推进,如同一大群涌动的、盲目的嘴——我年复一年地与沉默的父亲面对面坐在餐桌旁,倾听我嘴里细细的牙齿的咀嚼时,

想象的就是这幅情形。人不可能指望尸体有奇迹出现。而我也会死去。这是怎样的责罚啊。

| 43 | 那面镜子,是我早已去世的母亲留给我的,她的肖像挂在餐室墙上,挂在我默不作声的父亲和默不作声的我的上方,不过这就是当我想起那面墙时,可以想见我想到的总是墙上画轨下面只有一道灰影的原因,我抬眼在墙上勾勒出这一道狭长的灰影……从我早已去世的母亲(我总有一天会找到她)那儿继承的这面镜子占了我床对面大衣橱的整扇门。凝视着那里面自己的身体,我真是不开心,除非那工夫自己正裹在睡袍里,那是一件白睡袍——夜里穿的,白天则穿黑的,这就是我的着装套路——而且,为抵御冬天的寒冷,我还套上了睡袜,为了防风还戴了睡帽,有时我就让灯亮着,支着胳膊斜倚在床上,朝着那个面向我也同样支着胳膊斜倚在床上的形象微笑着,有时还跟它(或是她)聊上了。像这样的时候,我觉察出(镜子真是一种挺管用的设备,如果可以把它称为设备的话,它映出的东西不偏不倚,如此简单,却没有任何机械装置)自己两眼之间生出了茂密的汗毛,我没有理由喜欢这张面孔,我在想,即便用镊子拔去一些汗毛,或者干脆用接发钳把头发像胡萝卜似的扎成一束,从而让眼睛分开点儿,调理出那种优雅甚至是恬静的假象,这张脸也许还是一副怒相,一副耗子似的怒相,没法打理成一副温情样儿。如果我把头发放下来(现在在白天塞在发网里用发夹别住,夜晚压在睡帽里),洗干净,披散开来,让它散落在颈背上,是否会让我的面容变得柔和一

些？也许有一天头发会长到肩膀那儿,如果是为尸体而长,为什么就不该为我而长呢？如此想来,倘是我在自己牙齿上花点功夫(我的牙齿太多了,有几颗牙齿太受委屈了,别的牙长过来挤占了它们的地盘),把它们矫正一下,我是否就不那么丑了呢？做这事儿我是否还不算太老呢？我打算拔牙的念头是如此坚定:我对许多事情都怀有恐惧,可是疼痛似乎不在此列。我会自己坐到镜前(我这么告诉自己),握紧夹钳对准那颗该死的牙,用力夹紧,摇晃它,直到拔出那颗牙。接着我就对付另一颗。处理完牙齿和眉毛,然后就是肌肤。每天一清早我会跑到果园里,站在果树下(杏树、桃树、无花果树),大口吞食果子,直到肠胃没法蠕动。我也会做些运动,清晨沿河溜达一阵,晚上在山脚下漫步。不知道是不是因为体质的缘故,我的肌肤常年都显得黯淡无光,我的躯体更是瘦弱却滞重,我在想这是否某些综合因素所致,以致我有时怀疑自己体内的血液没有在流动,而是郁结成一团一团的,或者,是否我有二十一张皮,而不是书上说的只有七张皮——如果说一切都是躯体原因造成的,那就只能从躯体根治,如果不是,那我还能相信什么呢？

| 44 | 然而,如果只是一种简单明了的生活该有多快活呀。当一个想法简单、头脑空空的女继承人,心里发愁的只是嫁不出去,随时准备把自己的身体和灵魂交给第一个愿意娶她的过路人,即便是一个沿街叫卖的小贩,或是一个巡回授课的拉丁文教师,给他生养六个女儿,以基督的坚忍来承受他的拳头和咒骂,过着还算体面的卑微的生活,而不是

在厄运笼罩的阴郁氛围里支着胳膊肘瞧着镜中的自己——本能告诉我就是这样。为什么,清晨五点钟我就能毅然离开温暖的床铺去点燃炉子,我的脚冻得发青,在冰凉的铁家伙上手指都冻得粘住了,趁现在还不算太晚,我是否能一跃而起,穿过月光下的田野,跑到工具箱那儿,跑到果园里,开始自己整套的养生疗程——拔除毛发,拔去牙齿,多吃水果?我是不是天生就喜欢阴沉、丑恶、饱受噩运折磨的事物,喜欢嗅察它们阴暗的巢穴,蜷伏在满是老鼠屎和鸡骨头的黑暗旮旯里,而不愿顺其自然地过上体面生活?如果真是这样,这些念头是从哪儿来的呢?是我周围单调乏味的环境造成的吗?是长年累月生活在荒野之中,最近的邻居也在七里格①之外,只能以枯枝、石块和昆虫取乐养成的禀性吗?我想不是,可我跟谁去说呢。是来自我的父母吗?我那性情暴怒而冷漠的老爹?我那早已成了老爹脑后的一个模糊的椭圆影像的母亲?也许吧。也许是从他们那儿来的,也许是共同的遗传,也有各自的因子,那就要追溯到我的四位祖父母和外祖父母,我早已不记得他们了,但真有必要的话肯定还能回忆起来,还有我那八位曾祖和外曾祖,以及十六位曾曾祖和外曾曾祖,除非他们中间有过乱伦的勾当,否则他们之前还有三十二位曾曾曾祖和外曾曾曾祖,以此类推,我们能一直追溯到亚当和夏娃,最终推及上帝之手,其间的数学关系总是要让我难住。这要说到原罪了,这明显是种系的退化:对于我丑陋的容貌和阴暗的欲望,父母

---

① 里格(league),旧时长度单位,约为三英里或五公里。

两系都能找到很好的解释,还可以解释为什么我不愿即刻从床上一跃而起去治疗自己。但我对那些解释没有兴趣。我已经超越了所有这一切对我自己的刨根问底。"命数"才是我关注的,换个说法是"厄运",是那些将要发生在我身上的倒霉事儿。这个戴睡帽的女人从镜子里望着我,这女人确切意义上说就是我,将在这内陆深处退化和衰亡,除非她生命中能有哪怕是像稀粥一样寡淡的事,让她活下去。我不想成为像他们一样的人——照着镜子却什么也看不见;走在太阳底下却没有身影。这取决于我。

| 45 | 说说亨德里克。亨德里克的佣酬就是恩惠加现钞。以往每个月末付给他两先令,现在已涨到六先令。每月还有两头宰杀的羊,每周定额发放面粉、玉米粉、糖和咖啡。他有自己的菜地。他穿的都是我父亲丢弃的好衣服。他的鞋是用自己鞣制的皮子做的。他的礼拜天归他自己。生了病会得到照顾。当他老到干不动的时候,他手里的活计就要传给更年轻的人去做,而他自己可以退休,坐在长凳上晒晒太阳,看着他的孙子们做游戏。墓园里给他的坟墓留好了位置,他的女儿们会替他合上眼睛。还有其他的方式可以安排这些事情,但就我所知,没有比这更安宁的方式了。

| 46 | 亨德里克想要发展自己的家系,一个虽然卑微却能与我祖父和父亲一脉并行的家系,只是为了能有个说道。亨德里克希望家中儿女盈室。这就是他结婚的原因。他

想,第二个儿子应该是个听话顺从的孩子,会留在家里,学着干农活,做一个用得着的好帮手,到时候娶一个好女孩,把这个家族延续下去。他想,女儿们,将在农庄大宅的厨房里干活。星期六晚上,邻近农庄的男孩们肩上缚着吉他骑着自行车,从史诗般遥远的地方而来,穿过草原,来向她们求爱,然后结婚生子。他那个大儿子是个爱吵架斗殴的主儿,那家伙从来不说"是",他将离家去铁路上找个活儿,后来在跟人争执时被捅一刀,于是在孤独中死去,伤透了他母亲的心。至于别的那些儿子,也不见得会有什么出息,也许他们也会离家去找工作,从此音信全无,要不他们会死于襁褓之中,也会有一些女儿们夭折,这样想来尽管家系的繁衍难有瓜瓞绵绵的景象,支脉也不会太远。这就是亨德里克的宏愿。

| 47 | 亨德里克找了一个妻子,因为他不再年轻了,因为他不想让自己的血脉在地球上永远消失,因为他开始担忧暮日来临,因为男人生来就不是独自生活的。

| 48 | 我对亨德里克一无所知。原因是,我们同时在农庄生活的这些年月里,他都得坚守着他的身份,待在工作岗位上,那样我只能跟他隔着一定的距离;而我们之间的这两样东西:身份和距离,保证了我们二人之间的目光一直都很和善,漫不经心,漠然处之。我可以对此做出解释。亨德里克是一个在农庄干活的男佣。他只是一个高个子的男人,肩膀笔挺,肤色黝黑,颧骨较高,眼睛斜视,总是以我无法模

仿的不知疲倦的快步走过院子,他的长腿从臀部开始迈动,而不是从膝弯那儿开始,这男佣每个礼拜五晚上替我们宰羊,把死羊挂在树上;每天早上他劈柴,给奶牛挤奶,向我脱帽致意,说"早上好,小姐",然后去干他的活。亨德里克和我,在一套十分古老的准则中,各自有自己的位置。我们以轻松流畅的舞步旋过岁月。

| 49 |　我持守一贯的距离。我是一个出色的女主人,头脑清楚,行事公正,友善亲切,完全不是那种邪门的女人。佣仆们不对我的外表说长道短,对此我心存感激。因而,我在黎明触面而来的轻风中所感觉到的,并非我一个人的感觉。我们所有的人都感觉到了,我们所有的人都变得阴沉沉的。我醒着躺在那儿,倾听着那些低沉的、压抑着的情欲、悲伤、厌恶、痛苦的哭声,那些哭声交织着扑进这房子里滑行着,颤遍整幢房子,以至于你也许觉得这儿像是蝙蝠出没之处,那些悲恸的蝙蝠、憎恶的蝙蝠、忧伤的蝙蝠、满怀渴念的蝙蝠,搜寻着失去的巢穴,它们的悲鸣吓得狗儿们都缩成一团,我的内耳即使眠于地下也能听到老爹发出的信号,也因此有一种灼痛之感。那哭泣声一直从他卧室里传出——自亨德里克从阿莫埃德带回他的女孩,自车后扬起无精打采的尘土,自疲惫的驴子们一路跋涉抵达这处村舍,那哭泣就更响了,声调也更悲哀、忧愤。在门口,亨德里克停下车,把鞭子搁进插孔里跳下来,把那女孩扶下,然后转过身去卸挽具。我老爹就站在屋前游廊里,离院子六百英尺开外,第一次透过大号双筒望远镜看见了那块红色披巾,

那双极大的眼睛，那尖尖的下颏，那细密的牙齿，那狐狸般的脸面，亨德里克的纤细苗条的安娜。

| 50 | 我目光如炬地扫视着，正好瞧见亨德里克的年轻新娘从驴车上下来。这工夫，就像那个灯塔看守人被捆在自己椅子上，对着变化莫测的第七道波涛。我望着女孩悄然闪回黑暗中，听见开灯时齿轮吱嘎转动的声音，我在等亨德里克，或是我老爹，或是别的女人走进这幅画面，在灯光里短暂地发出光芒——这不是他们那边的灯光，是我这边的，甚至不是灯光而是一团火。我告诉自己，我必须抛开所有的顾虑，赶快拿上准备好的杆子，让那窗扇停止摆动，让灯光稳稳地直射在那女孩身上，映出她细细的胳膊和苗条的身躯；可我是个胆小鬼，说来只是胆怯，随着光束的摆荡，稍纵即逝的一刹那，我从镜子里瞥见了沙石荒漠，瞥见了山羊，瞥见了我自己的脸。对着这些，我把嘴里那股干涩的酸气痛快地吐出去了，真是憋得让人恼火，我没法否认，这口气就是我的心灵和我自身，这灯光也是。至于让我放弃观念的宝座，学着与山羊和岩石为伴的生活方式，虽说我仍为此感到痛苦，却并不觉得不可忍受。我坐在这儿看管着山羊和岩石，这整个农庄乃至方圆四周，就我所知道的一切，都悬浮在我冷淡、疏离的媒介之中，作为话语筹码，我把它们一样一样拿出去交换。一阵热风卷起赭色的尘埃上下翻舞。大地重新安排了风景，又把这幅构图确定下来。这当儿，亨德里克搀着他的新娘从驴车上下来。她鲜亮活泼，不知道自己正在双筒望远镜的注视之下，她朝这幢房子迈出

最初的几步,怀中仍还抱着也许已经发蔫的花束,脚尖故作端庄地朝内撇着,柔软的肌肤在她浆硬的白棉布裙下互相摩挲着,说话还是那副结结巴巴的样儿。言语就像钱币一样。言语和意思之间隔得很远。语言不是情欲的媒介。情欲是欢天喜地的,不是用来交换的。只有远离了情欲,语言才能控制它。亨德里克的新娘,她那双宛如母鹿般精灵的眼睛,她窄窄的臀部,都不是言辞能够触摸的,除非情欲同意发生突变,变成观望者的好奇心。情欲的狂热以语言作为媒介,制造出了一系列的癫狂。我苦苦与地狱的箴言斗争。

| 51 | 离拂晓还有一个小时,亨德里克就被什么动静弄醒了,那些隐隐约约的声息我都听不见:风转向了,鸟儿睡醒前窸窸窣窣地抖动羽毛。他在黑暗中穿上裤子、鞋子,披上外套。他重新点燃炉火,煮上咖啡。身后,那个新来的人把毛皮披肩拉到她眼睛下,躺在那儿惬意地望着他。她两眼闪烁着橙色的光芒。窗子关着,农舍里充溢着一股人体的气息。他们整夜裸着身子躺在那儿,醒一阵睡一阵,散发出他们那种一言难尽的味儿:棕色人体的烟酸味,这味儿我熟悉极了,我肯定有过一个棕色人种的保姆,虽说已经想不起她了;(我又嗅了一下,闻到另一股更为浓烈的味儿)还有血液的铁锈味;从那女孩的血和骚情大发时留下的淡而刺鼻的气息中扑面而来;最后,空气里洇出了牛奶般的香甜,那是亨德里克如洪水般汹涌的反应。要问事情是否真是那样,我,一个独身的未婚老处女,怎么能知道这些呢?

我彻夜不眠地弯着身子查词典，自然不是毫无缘由的。言语就是言语。我从未声称自己有过那些夜间的体验。我只是把一种因素用多种迹象表明出来罢了。真正的问题在于，如果我知道这些事儿，那么我父亲难道不会知道得更多吗？于是，嫉妒之意便会在他心里膨胀开来，为什么他那颗心滚烫的外壳还没有炸开来？我拿起词典，用心搜索，描述，又放下，从一个词条查到下一个词条，耐心地用我自己的编码给这档子事情分类归档，可是在这困境中，他用什么招数能降伏情欲的撒旦呢？我不是女先知，但风中的寒意告诉我灾难正在降临。我听到黑暗中的脚步声在我们房子的过道里响起。我缩起肩膀等待着。经历了几十年的沉睡之后，某种事情正降临到我们身上。

| 52 | 亨德里克蹲在火炉前，把烧滚的水浇在咖啡渣上。在这田园浪漫曲结束之前，他还会给自己煮咖啡。然后，那女孩，从一位美丽的客人变成了妻子的新娘，将学着比丈夫先起床，毫无疑问，他很快就会冲着她大吵大闹，还会动手揍她。但由于对此一无所知，她热切地看着亨德里克在干活，两只温暖的脚底互相摩挲着。

| 53 | 亨德里克走进夜色将尽的世界。沿河的树枝上，鸟儿们刚刚开始躁动起来。星星莹澈如冰。他脚下的沙石咯吱咯吱地响着。我听见从储藏室拎出的提桶在石头地上磕出当啷当啷的响声，随后是他迈着急速的脚步嘎吱嘎吱地走向牛棚。我老爹把毯子掀到一边，一翻身下了床，穿着

袜子踏在冰凉的地板上。我已在自己的房间里穿戴起来,因为我必须在他迈着坚定而疲惫的脚步走进厨房之前,把他的咖啡准备好。农庄的一天开始了。

| 54 | 当亨德里克过来跟我父亲说要告假离开农庄去把他的新娘接来时,他俩之间没有就婚事本身谈过一句。他只是这样回答:"做你想做的事吧。"婚宴是在阿莫埃德举办的,新婚之夜或许是在路上或许是在这儿,我不知道,而从那天以后,亨德里克就又回到了劳作之中。我父亲增加了他的食品配给份额,但没有送任何礼物。他公布这件事之后,我头一回碰见他时,曾对他说:"恭喜你,亨德里克。"他手碰一下帽檐,微笑着回答:"谢谢,小姐。"

| 55 | 我们并排坐在游廊上,望着将隐的落日,等待着流星闪现,我们有时会听到亨德里克弹拨吉他的声音,轻轻地、飘逸地,穿河渡水而来。一天晚上,空气特别平静,我们听到他把那首 *Daar bo op die berg*① 完整地弹奏了一遍。可是在大多数夜晚,风把缥缈的乐声驱散了,我们就像是在不同的星球上,我们在我们这儿,他们在他们那儿。

| 56 | 我很少看见亨德里克的小新娘。当他出去时,她就一直守在家里,只是偶尔去堤坝那儿打水或是去河边拾柴火,我一眼就看到她那鲜红的披巾在树丛间闪动。她对

---

① 南非语:《爬到高高的山冈上》。

自己的新生活,对于日复一日的烹煮、洗刷,对于她自己对丈夫负有的责任都渐渐熟悉起来了,当然还有自己的身体、围着她的四面墙壁、从前门瞥来的目光、那座雄踞视线中央的石灰墙的农庄大宅、忙碌的男人和那行走如风的脚步,还有夜间坐在游廊上凝视着星空的瘦小女人。

|57| 星期天,亨德里克和他的妻子去雅各比和安娜家里做客。他们穿上最好的衣裳,坐上驴车,一摇一晃地沿着乡间小道走半英里,到旧校舍去。我向安娜问起对这女孩的印象。她说她"很甜美",但还是个孩子。如果她还是个孩子,那我是什么?我看出安娜想要把她置于自己的卵翼之下。

|58| 亨德里克把帽子拿在手上,站在厨房门口等着我抬头看他。从破碗碟和碎蛋壳的缝隙里,我和他的目光相遇了。

"早上好,小姐。"

"早上好,亨德里克。你怎么样?"

"我们很好,小姐。我是来问一下:小姐要不要找个人来做屋里的活儿?是替我妻子来打听的,小姐。"

"嗯,也许要吧,亨德里克。可你妻子在哪儿?"

"她在这儿,小姐。"他朝后面点一下头,又回来迎着我的目光。

"叫她进来。"

他转身喊了声"嗨!",紧张地笑笑。有条鲜红的披巾一闪,那女孩出现在他身后。他闪过一边,让她贴着门框进来,她两手搭在一起,眼睛看着地上。

"你也叫安娜,是么？现在我们有两个安娜了。"

她点点头,又扭过了脸。

"跟小姐说话呀!"亨德里克悄声说。他的声音有点刺耳,但没关系,我们都知道那是什么意思,那是我们彼此之间玩的一种游戏。

"是叫安娜,小姐。"安娜怯生生地说。她轻柔地清了清嗓子。

"那么,你就叫克莱恩-安娜吧,因为我们同一个厨房里不能有两个安娜,不是吗？"

她长得很美。脑袋和眼睛都像孩子那样显得有点大,嘴唇和颧骨的线条清晰得像用铅笔勾勒出来似的。这一年,下一年,也许是再下一年,你还会这么美,我对自己说,等到第二个孩子出生后,生育的摧残、相继而来的病痛、邋遢而单调乏味的生活,很快就会把你耗尽的,亨德里克会觉得你原来不是那么回事儿,就像喝下了一杯苦酒,那时候你和他就该开始冲着对方叫嚷了,你的皮肤会出现皱纹,你的眼睛会呆滞无光。你将会像我一样,我告诉自己,根本用不着担心。

"看着我,安娜,别害羞。你喜欢到这屋里来干活吗？"

她慢慢地点点头,用她的大脚趾蹭了蹭脚背。我打量了一下她的脚趾和瘦长结实的小腿肚。

"来吧,孩子,说话吧,我不会吃了你的!"

"嗨!"亨德里克在门口悄声道。

"是,小姐。"她说。

我朝她走近一步,在围裙上擦干了手。她没有畏缩地闪开,但她朝亨德里克眨了眨眼。我用食指钩住她的下巴,把她的脸抬起来。

"说吧,安娜,没什么好怕的。你知道我是谁吗?"

她直勾勾地看着我的眼睛。她的嘴巴颤抖着。她的眼睛不是黑色的,却是很深很深的褐色,甚至比亨德里克的还要深。

"说吧,我是谁?"

"小姐是小姐。"

"那么,来吧!……安娜!"

可是安娜,我那个老的安娜,似乎一直都在过道里走来走去,她在听。

"安娜,这是我们的克莱恩-安娜。你人很好,年龄也更大:我们把你叫作欧-安娜好吗?那么她就叫克莱恩-安娜。听起来怎么样?"

"听上去挺不错的,小姐。"

"现在,听好了:给她一大杯茶,她这就可以开始干活了。告诉她擦洗的家什搁在哪儿,我要她先把厨房的地板擦了。你,克莱恩-安娜,你得留神记住,明天你带上自己的茶杯和茶盘。你记住了吗?"

"记住了,小姐。"

"亨德里克,你走吧,别让老板看见你在这儿闲晃。"

"是,小姐。谢谢你,小姐。"

所有这一切都是用我们的语言交谈的,一种微妙的语

41

言,借助随机应变的词序和细微的语助词,把外人完全蒙在鼓里,这既有孩子般的抱团劲儿,又有一种距离感。

| 59 | 这天上午下雨了。几天来,一连串的云团布列于空中,从地平线这头扯到那头,天空响着隆隆雷声,四下昏暗而又闷热。临近中午那工夫,鸟儿们出来兜着圈子飞翔,渐渐聚到一起,暗哑地发出寻巢的叫声。空气都凝住了。巨大、温热的雨滴劈头盖脸地从天上抽下来,真是天摇地动,接下来就像是发生了雷暴;雷电交加之中,天地间尽是没完没了的回声,穿过我们,渐渐向北而去。雨下了一个小时。随后停下了,鸟儿啁啾而鸣,地上冒着热气,最后漫出的溪流渐而变细变小,终于消失了。

| 60 | 今天我给老爹补了六双袜子。因为有着比我还老的老规矩,所以我不能叫安娜来做这织补的活儿。

| 61 | 今天的羊腿真是棒极了:幼嫩、多汁,烤得正到火候。总有一个地方可以容纳所有的东西。即使在荒漠里生命也会生长。

| 62 | 我偶然望见远处的堤坝,冒出了我老爹的脑袋和肩膀,落日的霞光中,他身上满是炫目的涡状彩条,橙色的、粉红的、淡紫的、深紫的、深红的。无论他今天做的是什么事(他决不会说,我也决不会问),他回家时仍沉浸在骄傲和喜悦之中,一个仪表堂堂的男人。

| 63 |　　面对一切惰性的诱惑,我父亲也从来不会放弃一个绅士的架势。他骑马外出时,总要穿上马靴,脱靴是我的事儿,安娜负责擦亮。他两周外出巡视一次的旅途,总要照例穿上正装,系上领带。他的领扣盒里,总是放着三枚领扣①。就餐之前,他都要用肥皂洗手。他喝起白兰地来很有仪式感,举着一只矮脚杯(总共有四只),在灯光下,坐在扶手椅里自饮自斟。每月一次,他端一把凳子腰板笔挺地坐在厨房门外,小鸡们瞧着他咯咯地叫唤着,他把自己交给我的理发剪。我把他那一头铁灰色的毛发修剪整齐,用我的手掌抚平它。然后,他站起身,抖掉头发茬子,谢了我,大步走了开去。谁会想到这样一个人,日复一日,周复一周,月复一月,甚至年复一年,照规程一板一眼做事的人,会在每天傍晚迎着火红的天幕骑马出去,好像他度过的一整天就为了这一刻——拴在高地那儿相思树的阴影里的马儿踢蹬着前蹄,他靠在马鞍上,手里削着晾衣夹,抽着烟,牙齿缝里发出口哨声,有时帽子盖住眼睛打个盹儿,怀表还攥在手里。他在背地里就过着这种隐秘的生活,还是说这种想法根本无关紧要?

| 64 |　　每隔六天,我们会到无花果树后面的便桶那儿去,在对方屙屎后恶臭的气味中去把肠子里的粪便排泄出来,要么他在我的恶臭中,要么我在他的恶臭中。我们的周期

---

①　领扣(collar-stud),一种将可拆卸的领子扣在衬衫上的纽扣。

六天一碰头,他是两天一次,我是三天一次。掀开木制马桶盖,我蹲跨在他那堆可恶的稀里哗啦下来的东西上面,那些要命的玩意儿带着血污,野蛮至极、颜色斑驳,倒是飞蝇的最爱,我敢肯定,那些没消化的肉食几乎是囫囵地排出来了。我自己的排泄物(据此我想到他,把裤子拉到膝盖上,那些大头苍蝇在他屁股后头嗡嗡直叫时,他得使劲地屏着鼻息)颜色发暗,带有那种胆汁似的橄榄色,紧紧裹成一条,又臭又长,像是陈年之物。我们屏气用力,累得要命,我们揩拭的方式各不相同,但都是用商店里买来的方形厕纸,一种身份的象征,完事后我们整好衣服,神态镇定地步出厕室。接下来就是亨德里克的活儿了,他得去检查一下马桶,如果那里面不是空的,就得把它倒进远离住处的沟穴里,然后刷洗干净,放回原处。他到什么地方去倒马桶,我不知道;但农庄的某个地方肯定有这么一个坑,两人的粪便盘绕在一起,父亲的红蛇和女儿的黑条相拥而眠,沉寂之中融为一体。

| 65 | 可是这模式变了。我老爹现在每天清早才回到家里。他以前从来不是这样。他跌跌撞撞地走进厨房,给自己沏茶,挥手叫我退开。他站在那儿,两手插在衣袋里,背朝着两个安娜(如果她们在那儿的话),茶叶泡开那当儿,他朝窗外凝视着。女佣们缩着肩膀,局促不安地尽快从他眼前消失。如果她们不在那儿,他就端着茶杯在屋里走来走去,直到找见克莱恩-安娜(她在清扫、擦洗或是做别的事儿),站在她身边,看着她,什么也不说。我什么也没说。

当他离开时,我们几个女人都长舒一口气。

|66| 在这片无遮无掩的土地上,没有什么秘密能够守得住。我们都毫无遮掩地生活在彼此鹰眼般的监视之下,但也生活在彼此的抗争之中。我们彼此间的怨气虽说窝在自己心里,有时却会蹿上来塞住喉咙口,于是我们在外边长时间地散步,使劲把指甲抠进手心里。只有把秘密掩埋在自己心里,才能守住它们。如果我们闭紧嘴巴,那是因为内心有太多的东西要迸发出来。我们搜寻发泄愤怒的对象,一旦发现,便毫无节制地发作起来。佣工们害怕我父亲发怒,总是加倍卖力地干好自己的活儿。在他的驱使下,他们抽打着驴子,朝羊群扔石块,牲畜不会感到愤怒真是幸运啊,它们只有忍受,再忍受!忍受着主人们的神经病。

|67| 午后的炎热中,亨德里克在哪处偏僻地方干着苦力活,我父亲便去看望他的妻子。他骑马到那农舍门口等在那儿,没有下马,一直等到那女孩出来,她背着阳光眯起眼睛站在他面前。他对她说了什么,她露出害羞的样子。她把脸埋在手里。他试图抚慰她。也许他实际上还笑了笑,但我看不见。他朝她俯下身子,递过去一个棕色纸袋。里面装满了糖果,那些心形和钻石形的"甜格言"①。他策马而去,她抱着纸袋站在那儿。

---

① "甜格言"(moto),一种包装纸上印有格言或诗句的糖果。

| 68 |　或者是：炎热的午后，在克莱恩-安娜回家路上，我父亲赶上了她。她站住了，他从马颈上弯下身子跟她说话。她害羞地捂住脸。他试图抚慰她，实际上还朝她笑了。他从口袋里掏出一只棕色纸袋递给她。里面装满了人们说的那种爱心和钻石形的糖果。她把纸袋折小些，随后接着往家里走去。

| 69 |　他从马颈上弯下身子，跟那女孩说话，试图抚慰她。她捂住脸。他伸手去掏纸袋，这当儿我瞥见银光一闪。刹那间，她手心里出现了一枚银币，一先令，或甚至是一个弗罗林①。他们看着对方。随后那只手攥紧了。他策马而去，她朝家里走。

| 70 |　他草草吃了几口，把饭菜推到一边。他喝着杯里的白兰地，却没有坐在扶手椅里，而是在月光下满院子踱来踱去。他和我说话时粗声粗气，却带着轻蔑和羞耻。我不需要潜伏在百叶窗后面，也能明白他的负罪之念。

| 71 |　她会到什么地方去花这钱呢？在她丈夫跟前她怎么瞒住这笔钱呢？她会把这些糖果藏在哪儿呢？莫非一天之内她一个人就会把糖果全吃了？她真的这么孩子气吗？如果她向丈夫隐瞒了一个秘密，那么她很快就得隐瞒两个

---

①　弗罗林（florin），这里指英联邦国家发行的一种银币，当时与先令都通行于南非。

秘密了。狡猾啊,狡猾的天赋!

| 72 | 他相信,一旦我闪到一边,他就可以随心所欲了。虽然他不敢这么说出来,但他巴不得我总是因偏头痛而待在卧室里。我相信他真的是希望我、亨德里克和其他所有碍事的人统统都从他眼前消失。但他那田园牧歌式的生活——一个渐渐老去的男人和一个帮佣的女孩(一个傻孩子)孤守农庄的生活,他觉得能有多长久?他会被这空中楼阁式的自由念头弄疯的。他们日复一日地厮守在一处会做什么呢?他们彼此之间能说些什么话呢?说真的,他需要我们这些反对者的存在,我们这些反对者要把这女孩从他身边拽开,这让他坚信自己渴望得到她,我们反对得愈起劲,他就愈是无法抵御情欲。他真正想要的不是私人空间,而是让旁观者成为无助的共谋者。我不相信他居然不知道他是怎样进入我的梦境,以何种身份,又犯下了怎样的罪孽。一条长长的过道联结着房子的两翼,他的卧室在一边,我的在另一边,其间充满了昼伏夜行的幽灵,他和我身处其间。它们不受我支配,也不归他管:它们是我们共同的幽灵。正是这些幽灵使我们占有彼此,也被彼此占有。我们两人都知道,其间有一个平衡点,克莱恩-安娜是一件抵押品,真正的游戏是在我们两人之间展开的。

| 73 | 我曾屈从于他的意愿,宣布自己身体不适。绿色的百叶窗闭上了。我整天躺在床罩上伸懒腰,粗硬起茧的大脚趾伸出外面,用枕头盖住双眼。我需用的每一样东西

都在这儿:床底下是尿壶,床边是盛水的玻璃瓶,旁边是一个高过瓶颈的玻璃杯。老安娜给我送来了食物,清扫了房间。我吃得像鸟那么少。由于偏头痛,我什么都吃不下,心里明白什么都帮不了我,只能做疼痛的奴隶。乐趣真是太难得了,但是这些日子以来疼痛却是无处不在。我必须学会靠着疼痛活下去。甚至下午的空气都是那么凉爽而清新。有时这疼痛结结实实地堵在我前额的颅骨后面,有时在我脑壳里面像是大地摇晃似的翻来覆去地嗡嗡直响,有时像是波涛在我眼皮后边没完没了地翻涌着。我一个小时又一个小时地躺下去,全神贯注于脑袋里面的声音。沉醉于此、迷迷糊糊之际,我听见太阳穴中的脉动,细胞爆裂和衰竭,骨头吱吱嘎嘎的声音,还听见皮肤中筛出一阵阵尘屑。我倾听自己体内的这个分子世界,同时关注着外面的史前世界。我走进河床,听到无数的沙粒倾泻而下,抑或闻到阳光灼晒的石头上散发出铁器的气息。我把注意力投入到昆虫涉足的天地中——食物的微粒必定要运送到高山上,贮藏于洞穴;虫卵都要排列成六边形;敌对的种群必须要歼灭。鸟类的习性也同样稳定。因此,我勉为其难地面对人类情欲的探索之旅。在昏暗的房间里,蜷缩在一只枕头底下,专注于疼痛的要义,我迷失在我的生命的存在之中。这就是我:一个内省的女诗人,一个对各种石头的本质、蚂蚁纷呈的情感以及大脑中思考部分的意识的探索者。如果我们把死亡撇开不计,在荒漠中生活,我就只适合这一份工作。

| 74 | 我父亲和克莱恩-安娜交换着禁语。我不需要离开我的房间就能知道。我们,他对她说,我们俩;随之这话就在他们两人之间的空气中回响。现在:现在跟我来,他在对她说。此时此刻几乎没有什么言辞足够真实,足以坚如磐石地支撑人生,而他正在摧毁这些东西。他相信他和她可以用他们的言辞创造一种私密的语言,用他们自己的我、你、这儿、现在。但可能压根没有什么私密的语言。他们那亲密的你,就是我说的你。不管他们互相说什么,甚至在深夜里,他们说的都是普通的言辞,除非他们像猿猴似的瞎扯。在他们玷污了我的说话方式之后,我怎么像以前一样去和亨德里克说话呢?我怎么跟他们说话呢?

| 75 | 时间的车轮昼夜不息地转过去,我这关着百叶窗的房间里的光线亮起来,变成灰绿色,又暗下来,漆黑一片。老安娜来了又走了,走了又来了,拎走了尿壶,端来了餐盘,嘴里嘟囔着什么,喋喋不休地干着活儿。我躺在这儿,陷入了时间循环之中,在世上真实的时间之外,这段时间我父亲和亨德里克的妻子正像箭矢般一路狂奔,一个从欲火中烧走向欣喜若狂,另一个从起初的茫然无助到委身之后的如释重负。现在他们已经越过了以甜言蜜语劝诱、馈赠小玩意儿和忸怩腼腆的阶段。亨德里克被打发到农庄地界边上去给羊们烫烙标识。我父亲把马拴在佣工屋子外面。他进去后锁上门。那女孩试图拨开他的手,但对将要发生的事儿她心存畏怯。他脱下她的衣服,把她手脚摊开,搁在佣工的棕垫上。她躺在他的手臂中,变得软绵绵的。他和她交

颈而卧,和她扭动身子,我已熟知这种动作,当然也知道它会让原有的准则土崩瓦解。

| 76 | "我看任何穷人都是未开化的玩意儿。"一个声音在耳边窃窃私语(孤寂之中我听到种种声音,也许我真的是一个女巫),"……完全没指望了,如果他不幸有一颗诚朴的心,一个漂亮老婆,却摊上这么一个强悍的邻居。"可怜的亨德里克:毁了,毁了。我哭得东倒西歪,泪流满面。我两眼闭紧,忍着疼痛,等待着三个身影消失在那一条条、一阵阵、一圈圈的光晕之中:亨德里克在远远的相思树丛里吹口琴,那一对儿在令人窒息的棚屋里搂在一起。最后只有我,迷迷糊糊地睡着了,不再疼痛。我以自己的方式改变了世界。这魔力最终能管到哪儿?也许这就是我想要弄明白的。

| 77 | 安娜没来。我整个早上都躺在那儿,等着她小心翼翼的敲门声。我想起茶和甜面包,想得直咽口水。毫无疑问是想吃东西了,我不是一个纯粹精神意义上的人。

| 78 | 我穿着拖鞋站在空荡荡的厨房里,由于蛰居太久脑子有些眩晕。炉子是冷的。一排排铜器在阳光下闪闪发亮。

| 79 | 我站在椅子后面,抓着椅背,问我父亲。
"安娜上哪儿去了?她今天没在这儿吗?"

他用餐叉撮起一口拌着肉卤的米饭,脑袋凑在盘子上。他胃口很好地咀嚼着。

"安娜?我怎么知道安娜在哪儿?这可不关我的事儿。这些女佣是你的事儿。你在说哪一个安娜?"

"我在说我们的安娜。我们的安娜,不是另外那个。我想知道她在哪儿。校舍那边没人。"

"他们走了。他们今天早上离开了。"

"谁走了?"

"她和那个老雅各比。他们坐驴车走的。"

"他们怎么突然就走了?你为什么不告诉我?他们去哪儿了?"

"他们已经走了。他们问过我。我说他们可以走。你还想知道什么?"

"没有了。我没什么想知道的了。"

| 80 | 或者,也许当我走进房间时,这些话早已从高耸的黑色圆柱里冒出去了。

"安娜和雅各比已经走了。我给他们放了假。你得过一段没有安娜在的日子了。"

| 81 | 或者,这儿只有一间空空的厨房,冰冷的炉灶,成排的铜器在阳光下闪闪发光,无人在此,两个人都不在,三个人都不在,四个人都不在。我父亲一手造成这种缺位状态,无论他走到哪里,都会留下这种空缺。首先,他自己就不在场——他所到之处都是如此冷寂,如此黑暗,如此寥

51

远,在也像是不在,只是一道移动的阴影,大煞风景地投射在人们心间。还有我母亲的缺位。我父亲的在场就是我母亲的缺位,他是她的负面,是她的死亡。她是温柔淑女,白肤金发;他是铁石心肠的壮汉,模样黢黑。他把我心里所有的母性都毁了,给我留下这脆弱、多毛的躯壳,死亡的言辞像豌豆似的在那里面铛铛作响。我站在空空的厨房里,恨着他。

| 82 | 过去的时光。我在自己的脑海里四处摸索,找寻能引我回到过去的通道口,找寻我自己早年的影像记忆,越来越年幼,越来越稚嫩,穿过青春和孩童的荒径,回到母亲膝下,回到我的起端,可是通道不在那儿。我自己脑壳里,颅壁就像玻璃似的。我看见的只是自己的单调乏味的映象,就是我在回视我自己。我怎么能相信这个生物曾是个孩子?我怎么能相信她生来就是个人类?把她想象成一个从石头底下爬出来,带着她那深绿色鞘壳的东西还更容易些:我想象着她在辨明方向之前,把卵清黏液从自己身上舔下来,然后蠕动着爬向农庄大宅,在壁板后面住下来。

| 83 | 然而,如果我在阁楼上花费一天时间掏空那些旧箱子,就会找到跟可信的过去有关的证物:装饰性的扇子,有照片的项链,刻有浮雕的玉石和贝壳,跳舞穿的薄鞋,各种小礼物和纪念品,洗礼穿的外衣,还有一些照片。如果是当时的照片,大概是用达盖尔银版法拍摄的,照片上可以看到一个皱着眉头的鬈发婴儿,坐在一个妇人膝盖上,表情迟

52

疑,体态僵硬,她们身后坐着那个身影模糊的男人,哦,天晓得,他们旁边还有一个愁眉苦脸的男孩,穿着整齐的绲边外套,这肯定是死于流行病的哥哥,某种流感或是天花流行夺走了他的生命,让我失去了保护人。这之后,她还风华正茂,正学着做个母亲,肯定是在分娩第三个孩子时死去的,像她恐惧的那样死去,她不敢拒绝让那个男人在自己身上寻欢作乐,那真是令人憎厌,真是没完没了,她的死如同一阵骇人听闻的恐怖风暴,收生婆在房间里紧紧拽住她的手,最后只能求助于吐根酊①了。

| 84 | 在这片土地上,所到之处,必有一些耐心的中年子女在等着他们父母松开攥在手里的一大串钥匙。我把父亲的两手搁在胸前,拉上床单盖住他的脸的那一天,我接过这些钥匙的那一天,我就将打开那些卷盖式书桌,揭开他瞒着我的所有秘密,那些分类账簿、钞票、契约、遗嘱、那些题写着"献上我所有的爱"的死去女人的照片、那些用红丝带扎成一束的信件。在最底下的文件格最阴暗的角落里,我将发掘出那些曾令这具尸体心醉神迷的旧物,那些折成三叠或四叠塞入马尼拉纸信封的诗歌,那些致**希望与欢乐**的商籁体诗,那些爱的告白,那些激情迸射的誓言和献辞,那些丧偶后的狂想诗文,那些"致我的儿子"的四行诗。至此,再就没有更多的发现了,只余沉默,而生命渐渐流逝。在这

---

① 吐根酊(ipecacuanha),一种致吐剂,临床上用于清洗肠胃中的毒物。给分娩的孕妇使用这种药物,似有所指。

条生命之路（从毛头小伙到成年男人，再到丈夫，再到父亲，再到主人）的某个时段，这颗心肯定已经变成了石头。那发育迟缓的女孩到来的时候，他的心还在吗？是我扼杀了他的生命吗，就像他扼杀了我的生命？

| 85 | 穿着这双奇形怪状的粉红拖鞋，我站在厨房地板中间。我眼睛眯缝着，对着刺眼的阳光。身后阴沉沉的房间里摆着一张庇护我的大床，面前却是每日让人烦恼的家务。抛开我昏沉、乏味的生活，抛开愚昧和无能，一个怒火中烧的女儿要怎么才能奋起反抗窘迫不安的或者傲慢自负的父亲，还有一个肆无忌惮的或是战战兢兢的女用人？我的心不在这里，我对这些事情尚无准备。沙漠生活只教会了我一件事，那就是什么事情都可以一试。我只不过想爬回床上嘴里咬着大拇指睡去，或者找出我那顶最老式的太阳帽沿着河床往下游溜达，直到看不见房子听不见声音，只有蝉鸣只有苍蝇从我脸上掠过。我的主题是在无穷无尽的睡眠与醒觉之间漂泊，而不是游走在人性冲突的狂风暴雨之中。坐落在荒漠上的这座房子，在动荡之中，在涡流之中，在我置身其间却憎恨不已的黑洞之中。我本来可以更自在地生活在矮树丛下，出生在一大堆虫卵当中，和无数的姐妹们一齐破壳而出，随着大颚发达的军队入侵这个世界。在四堵墙壁之间，我的激情被遏止了。我所有迸射出去的东西都从灰墁从瓦片从板壁和墙纸上朝我反射回来，倾泻而下，粘在我身上，渗进皮肤里。虽然我像机器似的胼手胝足做着家务，事实上我却是一个具有爆炸能量的剧烈震颤

着的球体,一遭到破坏就让自己四分五裂。当我体内出现一阵冲动时,它告诉我可以到旷野里毫发未损地引爆自己。我害怕的是还有另一种冲动——我心里充满了矛盾——它告诉我要像一只黑寡妇蜘蛛似的躲在角落里,用我的毒液吞噬经过的任何人。"就把这作为我从未有过的青春吧!"我嘴里发出嘶嘶声,并啐了一口,如果蜘蛛也会啐的话。

86 事实上,我打从记事之前,就穿着那身黑寡妇丧服,就我所知,在晃动着小胳膊小腿蹒跚学步时我就裹着黑色尿布,一跌倒就扯着我的黑色针织短袜号啕大哭。我六岁那阵,肯定天天穿着那件丑陋的暗绿色连衣裙,从喉咙到手腕都裹得严严实实,细瘦的脚胫隐约闪露了一下就被吞没在那双黑色厚底鞋里了。我肯定,当时拍过照片,不然没法解释我怎么会有这样的记忆;那些衣箱和书桌里肯定有我的一张照片,清点物品时一定是看漏眼了。一个小孩子怎么会有这样的自我意识,怎么能如此冷静、清晰地记得自己当时那模样——抿着嘴,脸色发青,头发像老鼠尾巴似的?或者,这也许是我的一种想象,我肯定不能过于依赖照片,当我还是小孩子的时候,我知道那些在荒漠拍照的摄影师拍的是什么,他们肯定不会来拍我。也许是,作为一个耽于玄思的孩子,有一刻我从自己身上被放逐出去了,看到了真实的自己,穿着我的深绿色衣裙,可以非常肯定地说那也在阁楼上,不知靠在哪一处,在我回归自己无思维的动物本体之前不知被何方神圣赐予这通灵的视力,也许是我的守护天使,或是另一种天使,可能是一种告诫人别对自身抱有太高的期望的天使,也就是真实的天使,口吐凶言的天使。也许是,我从来就没获得过完整的动物本性,或者在我六岁以前就失去了它,也许到了六岁时我早就是一个小小的肉身机器了,嗒嗒嗒嗒地在院子里跑来跑去,用石块搭建围墙,或是玩着孩童的把戏,譬如扯下苍蝇翅膀,被一个小小的、和我一模一样的魂灵庄重地照看着;又或许,很遗憾的,没有什么天使,也许,所有那些充满孩子气的零零星星的自我印象,就是我那个小看守人带来的(她还得做什么?),也许在我很小很小的时候她就从我这儿分离出去了,也许,甚至我看见的自我(一个心口灼热的婴儿,一个悲恸欲绝的婴儿,或是别的什么,扯着我的黑色针织短袜号啕大哭)就是那个魂灵的显现,她在婴儿床边沉思默想,感受着自己可怕的伤心事儿,我猜测那肯定就是她,此外还看见了岔往各处的死胡同,我不理会这些,因为我追求的是比那些哲学问题更大的事情。

| 87 | 我是一个为自己未曾派上的用场而哀悼的黑寡妇。我这一生都已被虚掷,被遗忘,被尘封,就像一只旧鞋,即便我被使唤上了,那也不过像是一个工具,把这个家弄得井井有条,管辖着那些佣仆。但我有着与此完全不同的另一种自我意识,在我体内某个暗处怯生生地闪出些许亮光:自我就像是一个鞘,一个子宫,一个对空虚的内心世界的保护体。我在这天地之间挪行并非像刀锋划空而过,或者是一个生有两眼的高塔;像我父亲似的,这儿如同一个洞孔,一个裹着身躯的洞孔,两条纺锤形的细腿悠悠荡荡地悬在

下边,两条瘦骨伶仃的手臂在两边摆动着,一颗大脑袋耷拉在上头。我是一个洞洞,哭着喊着想要填满自己的洞洞。我知道就一方面而言,这只不过是一种表达方式,一种自省的方式,但如果一个人不能借助言语和形象来自省,那么能用什么方式来省察自己呢?我将自己想象成一个稻草女人,一个衣衫褴褛的稻草人,松松地捆束着,画着怒气冲天的脸,用来恐吓乌鸦,内里却空空如也,那里面大可为田鼠所用(如果它们够聪明的话)。但这不仅仅是一种形象,我不可能否认这一点,我对解剖并非一无所知,我对自己的身体结构并非毫无兴趣,我是一个农庄女孩,生活在大自然的喧嚣骚动之中,或是生活在荒漠里那种微不足道的喧嚣中,不知道我两腿之间有一个从未填满的洞,导致了另一个洞孔也从未被填满。如果我是一个O(有时我这样被劝知),那是因为我是一个女人。然而,在沉思冥想一番,表现出思考者的才华之后,却发现自己陷入了一个陷阱,只得承认,假使我有一个好男人睡在身边,能让我生几个孩子,这样一切就好了,我会打起精神学着微笑,我的肢体也会变得充盈丰润,我的皮肤将光鲜发亮,而我内心的声音结结巴巴,支支吾吾,最后没声了——这多么痛苦啊。我内心并不相信农庄男孩和农庄女孩的结缡就能拯救我,不管拯救作何解释,至少在目前,我对自己会被带向何方一无所知。我暂时相信,自己是为了一个更高的命运留存着。所以,如果万一出现一个奇迹,某一天那些骨瘦如柴的邻居中的一个人捧着草原的花束策马而来,红着脸流着汗,为了我的遗产向我求爱,我会带他上床,或是向他朗读我那吓人的商籁体诗,或是在他脚下抽风式地扭着身子,只要能让他赶快策马而去;我这是假定我们有些邻居,可我并没有看见有这种迹象存在,我们也许是生活在月亮上。

| 88 | 而另一方面,有时我会连续几天丧失选择的能力,只是把自己视为一个孤独而丑陋的老处女,在一定程度上,我还有着获得救赎的可能,通过婚姻——人类的一种制度安排——逃离孤独,逃离孤独,投向另一个孤独的灵魂,此者也许要比大多数灵魂都更为贪婪、愚蠢和丑陋,并不值得如此付出,可是跟我却是物以类聚。我将发愿对这样一个人卑躬屈膝,也会比别的女人更低声下气,更卖力地为他做奴隶,我将每个星期六晚上为这样一个人宽衣解带,在黑暗中行事,免得吓了他,如果可以学习让他勃起的艺术的话,要设法唤起他的情欲,然后引导他插对那个洞洞,从床边的罐子里挖一团鸡油润滑一下,使之更容易进入,忍受他的气喘吁吁。最终,如其所望,被他的种子填满,躺下后倾听着他的鼾声,直至睡意绵绵的慰藉袭上心头。至于我所欠缺的经验,就以想象来填补,如果男人和女人的交媾不是这般情形,可能也相差不多。我还可以想象数月之后进入妊娠的情形(虽说若是不孕,我也不会惊讶,因为我看上去很像那些怀不上孩子的女人),随后,过了七八个月光景,生孩子时,没有接生婆,我的丈夫醉得一塌糊涂地躺在隔壁房间,我自己耗尽力气咬断脐带,轻抚着埋在我那发出馊味的干瘪乳房前那苍白的婴儿脸庞。接下来,养在深闺十年之后,小孩子可以到外面见天光了,一窝老鼠般的、矮小的女

孩,都像极了我自己,愁眉苦脸地走进日头底下,磕磕绊绊地迈着脚步,穿着和我一样的深绿色外套,趿拉着扁平的黑鞋。再往后,又是十年,饱受了她们的讥诮和疯疯闹闹之后,她们被一个一个地送到外面的世界,那些不起眼的女孩该做什么,她们也就做什么,住在那种包膳食的宿舍,或许是在邮局上班,然后生养一些鼠模鼠样的私生子送回农庄避难。

| 89 | 也许,这就是那种选择对我的全部意义:不必陷入以上那种乡村喜剧,不必以贫困、堕落、麻木或是懈怠来解释一切原因。我想要我的故事有起始,有高潮,有终结,不要在令人呵欠连连的过程中走向另一种结局:如果我默许父亲去追逐女人,守到他年老昏聩(而不是由一个乡村情郎引我走向婚礼的圣坛),成为一个坐在摇椅里的干瘪老太婆,这样寿终正寝,这二者同样可怕。我不能在自己生命的途中打瞌睡。在环绕身边的一片空白茫然之中,我必须处理一件又一件接踵而来的事——正是那一连串小小的迸发一直在促我前行。而另外一种类型的故事,是在昏睡之际迈入往事与怀旧的踉跄脚步,那永远不可能是我的故事。我的生活不是过去,我的艺术不可能是回忆的艺术。将要发生在我身上的事情尚未到来。我是一个盲点,睁大两眼冲向未来的深渊,我的通行口令是"然后呢?",然后,如果这一瞬间我看起来不像正急急地向前狂奔似的,那是因为我在那个空空如也的房间里战栗着,感受着阳光掠过那些铜器的景象所带来的慰藉,早在我出生之前,阳光就曾掠过

那一排排铜器。如果我没有感受到那冷冰冰的石头房子的诱惑，那老派生活的安适自在，还有那古老采邑的言词方式，那我也许就不是我自己了。也许，除了我的黑衣服和我顽似钢铁的内心（要不就是石头，谁能告诉我它从何时变成了这样），我与其说是一个毁灭者，毋宁说是一个守护者，也许我对我父亲的愤怒只是针对那种亵渎古老而得体的语言的行为，这事情发生在他和那女孩亲吻，以亲昵的代词互相称呼并和她发生性事之时——这女孩昨天在这儿擦地板，而今天本该来擦窗户的。

| 90 | 但这与其他许多有关我人生的想象一样，只不过是推测而已。我要不惜一切代价不让自己成为老套的复仇者——怒目炯炯，刀剑凛凛。那是寄居蟹吧，我记得从一本书上看到，那些玩意儿成长时从一个空壳移栖到另一个空壳。这令人生畏、言辞犀利的道德家只不过是一个寄居之处，我寄居于此的时间比寄居于在游廊上做编织活儿的憔悴的妻子略短，却也比寄居于出没于草原上的野女人的时间略长，这野女人和她的朋友谈论着昆虫，在正午的阳光下漫步；但所有的一切都是暂时的。当下我躲在谁的躯壳里无关紧要，因为这是一具死人的躯壳。要紧的是我渴盼而柔软的自身须有一个庇护所来避开那些深海猎食者，避开那些枪乌贼、鲨鱼、须鲸，还有其他那些捕食寄居蟹的东西，我对海洋知道得不多，虽说有朝一日当我成了寡妇或是有钱的老处女时，我会允许自己在海边逗留一天，我要往提篮里塞满三明治，带上鼓鼓囊囊的钱包，登上一列火车，跟那

人说我要去看海:这会给你留下我很天真的印象。我要脱下鞋子嘎吱嘎吱地踩过沙滩,面对这由无数微小生物的遗骸组成的奇观露出惊讶之色。我撩起裙摆涉水走进浅滩,被小螃蟹夹了我的脚趾,是一只寄居蟹(真是一个绝妙的笑话),朝那地平线举目眺望,对着浩瀚无际的海天发出叹息,然后吃我的三明治,几乎没品尝出这松脆的面包、这甜蜜的新鲜无花果酱,思考自己无足轻重的人生。过了一会儿就想通了,镇定下来,我要赶上回家的火车,回去坐在游廊上,望着燃烧的夕阳,朝那深红、那粉红、那紫罗兰色、那橘色,那血一般的红色,长叹一声,脑袋垂到胸前,为自己流下迟暮的眼泪——为我未曾有过的生活,为我未曾使用的身体企求欢乐的意愿(如今已尘封了,干涸了,成了令人厌憎的东西),为我缓慢不畅的血脉。我会从帆布椅上站起身,拖着脚步走向卧室,借着最后的亮光脱下衣服,吹灭煤油灯,叹息着,在叹息中一觉睡去。我梦见石头,一颗被撂在海滩上的小圆石,在数英亩的白色沙滩上,遥望美好的蓝天,随着一阵阵波涛安然入睡,但我是否会做这样一个梦,我永远不得,夜间发生的一切事儿都将随着公鸡的啼鸣从我记忆中消失。或者,也许我整夜都睡不着,只是躺在那里辗转反侧,因为吃多了甜腻的无花果害了牙痛,我们这儿可没有什么卫生意识,带着呵出的满嘴恶臭味儿四处转悠,不久就会烂到牙根,我们自己不知道拿这烂牙怎么办,弄到最后只好用给牲口挂掌的钳子把它连根拽去,或是用火柴梗抹点丁香油来消痛,要不就只能哭爹喊娘了。哭泣是我迄今一直避免的事儿,但有的时候,在有些地方,做什么事情都没关系。我肯定,哪一天我被独自留在农庄里,他们所有的人都走了——亨德里克和他的妻子、安娜和雅各比、我父亲、我母亲,还有那些鼠模鼠样的孙儿孙女——那我就该哭了。这当儿,我可以在宅子里闲逛了,不必惦记着自己要做什么,还可以走到院子里,走进荒凉的大牧场,走进山里:然后就该哭了,撕扯头发,紧咬牙关,不必害怕被人察觉或是遭到报复,不必再顾忌什么面子了。也该测试我从未检验过的双肺了,听听它们的尖叫、呻吟和悲恸能否让山丘发出回声,让平原发出回声(如果平原也能发出回声的话)。另外也许,谁知道呢,也许是时候了,该把我的衣服扯去了,在宅前生起一大堆篝火,把满屋子的衣服、家具和画像付之一炬,我父亲、我母亲还有我那丧生已久的兄弟,畏畏缩缩地坐在火光灼灼的椅背套上,我可以随着呼啸的火焰冲向夜空发出尖声大叫,甚至干脆把烧着的木头搬进室内,点燃那些睡垫、大衣橱、黄杨木天花板和堆满纪念品垃圾的阁楼,直到邻居们(天知道他们是谁)看见火焰在地平线上熊熊燃起,在夜色中飞奔而来,把我赶到一个安全地带,我就是这样一个满嘴废话、喋喋不休、曾想引起旁人注意的老女人。

| 91 | 那校舍空了。炉栅上的灰是冷的。炉子上面的烤架空在那儿。床上什么都没有了。百叶窗拉下了。雅各比和安娜走了。他们已经被打发走了。他们甚至没跟我说一声就走了。我注视着光束中漂浮的尘粒。鼻腔深处嗅到一股像血一样的腥味儿,但那不是血。说实在的,事情的走向

总能变得离奇,连一个人最阴暗的想象都无法与之相比。我站在门口急速地呼吸着。

| 92 |　这里是校舍。很早很早以前,这儿曾是一处真正的校舍。孩子们从自己的农庄里赶来坐到这儿,学习那三个 R①。夏天,他们打着呵欠,伸着懒腰,坐立不安,炎热让他们耳边总是嗡嗡作响。冬天,他们一大早穿过积霜的路面赶来了,唱赞美诗的时候那些冻僵的赤裸脚趾还粘在一起。附近农庄的孩子们也来了,用现金和实物支付学费。这儿曾有过一个女教师,一个穷牧师的女儿,毫无疑问,没有办法才出来讨生活的。然后,有一天,她和一个过路的英国人私奔了,从此杳无音信。那以后就再也没有女教师了。许多年来,这校舍一直废弃着,蝙蝠、椋鸟和蜘蛛渐渐接管了整座房子,直至有一天,这儿被安娜和雅各比占用,或者说被他们俩之前的安娜和雅各比住过。一定是这样的,如果我只是在吸着手指,杜撰历史的话,那怎么来解释堆放在房间尽头那三把木制长椅呢?怎么来解释长椅后面雅各比曾用来挂外套的黑板架呢?肯定是有人建了这所校舍,配满了东西,并为此在《广告周刊》或是《殖民地公报》上刊登招聘女教师的广告,在火车站接到了她,把她带到客房里安顿下来,支付她薪金,为的是这荒漠上的孩子不至于长成愚昧的野蛮人,而是成为古往今来的历史的继承者:他们熟知

---

① 三个 R,指阅读 reading、写作 riting(writing)和算术 rithmetic(arithmetic)。

地球的自转,拿破仑,庞贝,冻土带的驯鹿群,水的反常规膨胀①,创世的七日,莎士比亚的不朽喜剧,几何级数和算术级数,大调音阶和小调音阶,那个把手指插进堤坝的男孩②,侏儒怪,面包和鱼的奇迹,透视的法则,还有许多许多。可是,那些对往昔的智慧表示出的由衷的谦恭现在去哪儿了呢?从那些念诵六的乘法表的孩子到我自己犹疑不定的自我之间,插进了几代人呢?我父亲有可能是他们之中的一个吗?如果我把那些长椅都搬到阳光下,在那层灰尘下面,我能否找到当初他用铅笔刀刻下的他名字的首字母?但如果真是这样的话,他学到的所有那些人文知识都上哪儿去了呢?在汉赛尔和格蕾泰尔的故事③里,父母把他们的儿女遗弃在黑森林中,他从中学到了什么呢?挪亚时代淫乱的教训④给了他什么启示呢?那六的乘法表告诉了他天地万物的哪些铁的定律?就算不是他,而是我的爷爷坐在那长椅上,念着乘法表,为什么就没有把人性传给我的父亲,却把野蛮留给了他,更由他传给了我?或许,是否有可能,我们这一家压根儿就不是这儿的原住民?也许,我

---

① 指水结冰后体积膨胀的自然现象。
② 荷兰童话中的一个故事。有一天那男孩在上学去的路上看到堤坝上有一条裂缝,海水正从裂缝里渗进来,于是他把手指插进去止住了海水的渗透。
③ 汉赛尔和格蕾泰尔的故事(*Hansel and Gretel*)是说一对被父母遗弃的兄妹,靠着自己的机智从森林里找到回家的路。这是《格林童话》中的一则故事。
④ 《旧约·创世记》记述挪亚的时代人类淫乱,耶和华后悔造人于世,便使洪水泛滥。因挪亚及其三个儿子均为一夫一妻,遵从神所设立的婚姻制度,被耶和华视为"义人",故命其造方舟避难。

父亲或是我的爷爷,不知从什么地方蹿了出来,某一天就这么拿着枪、披挂着子弹带冲进农庄大宅,扔下一个塞满金块的烟荷包,接着又把女教师从学校赶走,占领了她的地盘,开始了自己的野蛮统治?或者是我弄错了,大错特错?难道我在这儿上过学,坐在挂满蛛网的最阴暗的角落里,而我那些兄弟姐妹,而我许多的兄弟姐妹们,还有那些从邻近农庄来的孩子们,吵吵闹闹地争着讲述挪亚的故事?还是我已经完全把他们忘在脑后了,因为他们欢声笑语,而我臭着脸,还不喜欢玩游戏,他们就把毛毛虫塞进我暗绿色的衣服里?难道他们决定再也不跟我来往了,把我和我父亲一起留在荒漠里,而他们自己则到城市里淘金去了?很难相信是这么回事儿。如果我有兄弟姐妹,他们也不可能在城里,在脑膜炎大流行之际他们肯定都遭殃了;我不能相信那种兄弟交往竟然没有在我身上留下一点印记,这太清楚了,没有给我留下一点点印记,留在我身上的,只是与荒野、孤独和空虚为伍的印记。没法相信我坐在一圈孩子当中时,有人给我讲过挪亚的故事——只拿挪亚做个例子。我的知识带着难闻的印刷品气息,却完全没有人讲故事的回声。当然,也许我们的教师不是个好教师,也许她郁郁不乐地坐在讲桌边,不停地敲打着教鞭,为屈辱而忧思,一心想逃离这儿。这当儿她的学生们小心翼翼地捧着自己的阅读课本,就连掉下一根针都能听得见。否则我怎么可能学会阅读,更不用说写作了?

| 93 | 或许,他们是我的同父异母兄弟,也许这可以解释

一切,也许这就是真相,这肯定接近某种真相了,如果我能相信自己的耳朵:也许他们是我的同父异母兄弟、同父异母姐妹,而他们体态丰满、白肤金发、深受爱戴的母亲盛年而逝;也许他们自己都是一些胆大妄为的家伙,同样是白肤金发、体态丰满,不能容忍一切捉摸不定和难以预料的局面,他们不断发起针对那第二个妻子生下的孩子的战争,那女人像老鼠一般,不招人喜欢,后来死于分娩。后来,他们学会了女家庭教师传授的知识,再后来他们全都被一个狡诈的舅舅给扫地出门了,从那以后过上了快乐自在的生活,只留下我照顾父亲的余生。我已忘了那一群人,不是出于恨,而是出于爱——他们从我这儿被夺走了。在我那个幽暗的角落里,我曾坐在那儿张大嘴巴,贪婪地呼吸着他们喧闹的欢乐气氛,把所有的叫喊和欢笑储存在记忆里,使我在孤寂的床上能够重新沉浸在那样的时光里,并将之拥入怀中。不过,在所有的兄弟姐妹中我最喜欢的是亚瑟。如果亚瑟打我,我会快活地扭动起来。如果亚瑟掷出一块石头,我会跑过去把它捡回来。为了亚瑟,我都能把鞋油吃下去,把尿喝下去。可是,唉,高贵的亚瑟从来不注意我,他只想着赛跑获胜,接住球,还有就是背诵六的乘法表。那天,亚瑟把我藏在马车房最暗的角落里,让我发誓说不再碰一口食物。几年过去了,亚瑟再也没有回来,我把对他的记忆使劲地往远处推了又推,直到今天,还是会回想起这些记忆,像童话一般缥缈。故事讲完了。其中有许多前后抵牾之处,但我没有时间去细究了,也来不及删除它们。我有种感觉,我必须要离开这个校舍,回我自己的屋里去。

| 94 | 我关上门,坐下来,抬起不再流泪的双眼,注视着桌子上方墙纸上的一小块地方,那儿没有高贵的亚瑟和我手拉手在海滩上奔跑的激情焕发的图像,只有一朵缀着两片绿叶的粉红玫瑰,底子上还有一大片一模一样的粉红玫瑰,永恒地照耀着斗室晦暗的角落和另外几面墙上的玫瑰。这是最起码的装饰,这是我的房间(我把身子深深地埋在椅子里),而且我不希望有什么改变:因为让我不至闭上眼睛,抱起胳膊,不停地摇晃自己,进入虚空的,我阴暗生活中的慰藉,正是我自身的知识,而这些花朵也只从我身上汲取活力,以使它们与自身、与彼此精神相交,迷醉在纯粹的存在之中,就像草原上那些生机勃勃的石头和树丛,它们是如此幸福,甚至无法用幸福形容,因为我在这儿使它们与种种物质意识产生共鸣,即我永远不是它们,而它们也不是我,我永远不会和它们一样对纯粹的自我产生痴迷的感觉,唉,我与它们永远被内心咿咿呀呀的言语所隔绝,这些言语反复将我打造成另外一种东西,一种另类之物。这农庄,这荒漠,这远至地平线的整个世界是一个迷醉于自我交流的空间,因为我的意识强烈地想栖居于此,它得到了升华。这就是我面对墙纸,等呼吸平复下来,等着恐惧消失时生发的思绪。真希望我从未学过阅读。

| 95 | 然而,那头野兽不会被我的胡话所迷惑。整个下午,一个钟头接一个钟头,他悄悄地跟着我。我听见他轻柔的脚步声,闻到他呼出的恶臭。这是没用的,如果我撒腿而

跑,只会更加耻辱地死去,被一大堆内衣从身后压倒,我一个劲儿地尖叫,如果这头野兽尚有一丝仁慈之心,就会拧断我的脖子,但如果它没有丝毫仁慈,连我的五脏六腑都会被掏出来。在农庄的某个地方,我父亲在那儿走来走去,恼羞成怒起来,谁要是敢冲他指指点点,就准会被他往死里揍。我父亲就是那头野兽吗?农庄另一处闪现出亨德里克和安娜的身影,他在树荫下面吹口琴——我想象中他仍是这副样子;她则自己哼着歌,剔着自己的脚趾缝,等着接下来的事儿。亨德里克是那头野兽吗?这受辱的丈夫,主人靴子践踏下的奴隶,会站起来为报复而咆哮吗?安娜,生着一口尖细的小牙齿,热烘烘的腋窝——她是那头野兽吗?这诡秘、好色淫荡、欲壑难填的女人?我一再告诫自己,当他们在我身边来来往往,朝我微笑,气势汹汹的时候,要保持警觉。他们为什么能控制我?他们知道哪些我不知道的事情呢?不管我往哪儿走,结果都是碰壁。十有八九,不出一个月,我就得把我父亲和女仆的早餐端到他们床边,而亨德里克则在厨房里无精打采地吃饼干,把那把折叠式小刀往桌面上弹,当我走过时伸手掐一下我的屁股。当我洗晾她那些弄脏的内衣时,我父亲会为她买来新的衣服。他和她成天躺在床上,沉浸在肉欲的怠惰中,而这时亨德里克不停地喝酒,豺狼吃掉了那些羊,几代人的努力终将毁于一旦。她将为他生下肤色黄褐的孩子,他们要在地毯上撒尿,在过道里跑来跑去。她跟亨德里克合谋偷他的钱和他的银表。他们将把自己的亲戚,兄弟姐妹,乃至远房的、堂的、表的兄弟姐妹接来,把他们安置在农庄里。星期六晚上,透过百叶窗的缝隙,我望着他们在吉他伴奏下成群结队地跳舞,这时那个老主人像个白痴似的坐在游廊上颔首微笑,主持着这场盛宴。

|96| 我们中间谁是野兽?我这些故事只是故事,他们谁都没有把我吓住,他们只是推迟了我须提问的那个时刻:我在林下灌木丛里听到的难道是我自己的咆哮吗?我是那个该害怕的四处掠食、毫无节制的人,就因为这是内陆深处,空间从我这里可以辐射到大地的四面八方,没有什么能够拦住我吗?我静静地坐在那儿,凝视着我的玫瑰,等待着下午走到尽头,发现这很难接受。然而,我并没有愚蠢到相信自己所看见的一切。如果我细心地调适体内的运行,肯定能够明显地感到我身体深处那个干瘪的苹果似的子宫鼓起来了,飘起来了,预示着所有的灾难。我只是一个体重九十磅的老处女,被孤独折磨得疯了,但我怀疑自己并非不会伤害人。如此说来,这是对我的恐惧的一个真实解释,这恐惧也是一种期盼:我怕我要去做的事情,然而,我就要去做我想做的事情了,因为如果我不做这些事,而是偷偷离开,直到更好的日子到来,我的生活还会是一条没有方向的涓涓细流,不知从哪儿开始,也不知到哪儿结束。我想拥有自己的生活,我确信,我父亲买来一袋心形和钻石形的"甜格言"时,也对自己说他想要自己的生活。这个世界上到处都是要为自己讨生活的人,但很少有荒漠外面的人能够如愿以偿。在这乌有之乡的中心,我可以无限地扩张,正如我可以缩到一只蚂蚁般大小。我缺乏许多东西,但自由不在

其列。

| 97 | 可是,我坐在那儿空想,也许用拳头撑着脸颊打了个盹儿,一边还露着牙龈,这一下午就这样溜过去了,光线不再是莹绿的,而是一片灰蒙蒙的。我被脚步声和说话声惊醒了。懵里懵懂的,我心里怦怦直跳;午后的萎靡害得我心情烦躁、闷热至极,我的嘴里涌上一股咸味。

我把门拉开一道缝。声音远远地从屋子那头传来。一个是我父亲的嗓音,在发号施令,我听出了那种声调,尽管一个字也没听清。还有一个声音,但只是在第一个声音落下后我才知道有第二个声音。

这正和我担心的一样。借助想象的魔力都料不到这般糟糕的程度。这就是最坏的情况。

这会儿那穿靴子的脚步声穿过走廊过来了。我关上门,身子抵在门后。我已知道那是谁的脚步了,却还是目瞪口呆地站在那儿,心头不停地狂跳。他又要把我变成一个孩子了!那靴子声,那靴子的重踏,那黑色的眉毛,那黑黑的眼窝,那黑黑的嘴巴,从那里面恶狠狠地吼出"不"的一声,坚硬、冰冷、如雷声轰鸣,它撞击了我,埋葬了我,把我锁闭起来。我又成了一个孩子,一个婴儿,一只幼虫,一个白色的无形状的生命,没有胳膊没有腿,甚至没有可以抓地的器官,哪怕是一个吸盘或是一个爪子。我扭动着,那靴子声又抬起来了,在我正上方,我嘴巴大张,狂风再起,一阵寒战直钻入我软软的心底。我抵着门,只要他推一推,我就会倒下。心中愤怒的内核消失了,我害怕了,他不会对我仁慈,

70

我会受到惩罚,而事后也得不到抚慰。两分钟前我是对的,他是错的,我坐在僵硬的椅子里打盹儿,压着一腔怒火,等着与他迎面相遇,我以沉默、不在意、轻蔑(还有谁知道什么情绪)来对抗他;可是,现在我又错了,错了,错了,自从我在一个错误的时间、错误的地点投胎到一个错误的身子里,此后一切都错了。眼泪滚下我的脸颊,鼻子塞住了,那也没用,我等着门那一边的男人决定我今晚要遭怎样的罪。

他用指甲轻轻地在木门上叩了三下。那股咸味一下又涌进我嘴里;我缩成一团,屏住呼吸。他走开了:连贯的脚步声向后退去,一步,两步,三步……走出过道。这就是对我的惩罚!他不想看见我,只是把我整夜关在这儿!残忍!残忍!残忍!我在自己的小屋里大哭。

那声音又一次传来。他们在厨房里。他叫她把食物端上餐桌。她从面包橱里拿出面包,又从碗橱里拿出黄油和果酱。他吩咐她烧开水。她不会用煤油炉,她跟他说了。他替她点燃了炉火。她把壶搁到火苗上。她两手捏在一起,等着壶里滚起来。他叫她坐下。她便会跟他一起坐到桌边。他切了一片面包,用刀尖推到她面前。他叫她吃。他声音生硬粗暴。他不会表达柔情。他以为人们能够理解他,也能体谅他这样。可没人能理解这一点,没有谁,除了我,我一辈子都坐在角落里注视着他。我知道,他的粗声大嗓和情绪化的沉默,只不过是唯恐显露出一点点柔情的面具,以致他被所造成的后果压垮。他恨只是因为他不敢爱。恨是为了把分裂的自我捏合到一起。除了这些,他不算一个坏人。他只是不公正。他只是一个老去的男人,曾经没得到过多少爱,现在以为自己找到爱了,这工夫和他的姑娘吃着面包和桃子果酱,等着煮咖啡的水滚起来。如果不是房子另一头那个心怀怨怼的孩子在门后竖起耳朵偷听,很难想象还有比这更安宁的场景。他们正在享用的是一顿爱筵;但还有比这爱筵更高贵的盛宴呢,那就是家常便饭。我本该也受到邀请的。我本该坐在那餐桌边上,体面地坐在桌尾,既然我是这个家庭的女主人;应该是她在那儿忙着拿东拿西,不是我。那会儿我们也许是在和悦的气氛中切面包,以我们不同的方式向对方传递着爱意,甚至我也会这么做的。可是界线已经划定,我被逐出了那个圈子,这儿成了一座同时演绎着两个故事的房子,一者是幸福的故事,或是扑向幸福的故事,另一者则是悲哀的故事。

| 99 | 他们的汤勺发出悦耳的叮当声。他们爱吃甜食,他们两个都是。在水汽氤氲中两人四目相遇。在她心里,对这陌生男人已经有了一个星期的了解,他身体魁梧、毛发浓密、肌肉松弛、精力衰退,却是大权在握,他今晚会大张旗鼓地公开宣告她成了他的妾,成了他的财产。她心里可曾有一丝一毫想过她丈夫吗——当她新主人的双膝在桌子底下挟着她的膝盖时,他却在寒冷的星空下拼命裹紧身上的毯子,或是在凄凉的小屋里长吁短叹?她可曾问过自己,在丈夫的愤怒之下,他能把她保护多久?她可曾想过未来?难道她在母亲怀里吃奶那会儿就注定要堕入眼下这该死的奢侈生活?这个新男人对她意味着什么?她只是分开自己

的大腿,不动感情地、呆呆地由他摆弄,就因为他是主人,抑或是因为只有婚外之爱才能享受那种细腻的欢情?她突然起身时会觉得头晕吗?是他的礼物让她陶醉了吗,那些硬币、那些糖果,还有他从亡妻的遗物中给她挑的羽毛披肩和人造钻石项链什么的?为什么那些遗物从来都到不了我手里?为什么什么事都要瞒着我?为什么我不该坐在厨房餐桌边,在暖融融的缕缕咖啡雾气中和桌边人互相致以微笑?在经受了孤独的炼狱之后,还有什么在等着我?他们离开之前会把碗碟洗掉吗?还是要我半夜里出来,像一只蟑螂似的,在他们身后把东西收拾干净?她何时开始试行自己的权力?何时开始她会舒口气从桌边起身,伸着懒腰走开去,把这些活儿留给仆人去做?等某天她真这样做了,他是否还敢朝她大声咆哮?抑或,见她一摇三摆地走向卧室,向他发出什么暗示,便傻乎乎地被她的腰臀勾引去了?如果她不做仆人的活儿,那么除了我还有谁来做呢?除非我逃进夜色中,不再回来,死在荒漠里,尸身被鸟儿啄个干净,随之爬满蚂蚁,作为一种抗议。他会注意到吗?亨德里克出来转悠时会偶然发现我,用麻袋把我背回来。他们会把我塞到一个土坑里,掩盖上,然后来一通祷告。然后,她会生起火,穿上围裙,洗那些餐具,碗碟堆得老高,咖啡杯摞着咖啡杯,那都是我留下的,这时她会叹息着,惋惜我的死。

| 100 | 我在黑暗中辗转反侧,拼命让自己的心思岔开去。太多的痛苦和太多的孤独让人变成了动物。我正在失去所有人类的思维方式。如果是很久以前,我也许会摆脱

这种不时发作的情绪,脸色苍白,带着泪痕,神情茫然,强迫自己走到走廊另一头去面对他们。那样一来,色欲的符咒就会被打破,那姑娘就得从她的位子上挪开,我父亲会让我坐下,给我拿些喝的来,向我示好。那姑娘甚至没准会连夜遁迹而去:一切又会好起来,但当那扇门在两人身后咔嗒一声关上时,这一时刻被延宕了,我知道自己最终是被拒斥在一间我从未有资格进入的房间之外了。可是今晚我拍打水面太久了,我虚弱至极,没有力气再跟自己说什么了,今晚我要放松,我要放弃,要探究溺水的欢悦,要尝尝我的肉体从我身上滑开而另一个肉体滑入的感觉,肢体内还有肢体,嘴巴内还有嘴巴。我欢迎死亡,把它作为人生的另一版本,在其中就不再是我自己了。我本该意识到这其中的谬误,但我不去想它。当我在海床上醒来时,我会听到和我身体中发出的声音同样的、熟悉的声音,或嗡嗡嘤嘤,或咕噜咕噜,不管言语在水里做什么反应。真是令人生厌!什么时候能停下呢?月光映出蜷曲在冰凉的地板上的这个女人。像瘴气一样,从她身上冒出一张恶魔似的灰脸。那紫蓝色的嘴唇间吐出的私语是我的。沉浸其中。我沉浸于自我。一个幽灵,我不是幽灵。我佝偻着身子。我摸一下皮肤,是温热的,我掐一下肌肉,有痛感。我还需要更多的证明吗?我就是我。

| 101 | 我站在他们的房门外面:门上是三格嵌板,有一个瓷把手,我握住它拧了几下。他们知道我在这儿。空气因我的到来而活跃起来。他们在负疚的姿态中停下来,等

着我的行动。

我敲了敲门,说:

"爸爸……你能听见我说话吗?"

他们不作声,耳边是自己呼哧呼哧的喘息。

"爸爸,我睡不着。"

他们互相看着对方的眼睛,他用眼神说,我该怎么办呢?她的眼神则说,这不关我的事儿。

"爸爸,我感觉有点不对劲儿。我该怎么办?"

| 102 | 我无精打采地回到厨房。月光穿过没有帘子的窗户,射在撤去台布的桌面上。水槽里浸着待洗的一只盘子和两只杯子。咖啡壶尚带余温。如果我想喝的话,也能喝咖啡。

| 103 | 我摩挲着白色的门把手。手上冰凉、黏湿。

"爸爸……我能跟你说几句吗?"

我转了转门把手。锁舌挪动了,但门没有打开。他们在里面插上了。

我听到他在门那一边的呼吸声。我挥起拳头重重地捶门。他清了清嗓子平静地说:

"现在太晚了,孩子。我们还是明天再谈吧。去睡一会儿。"

他开口了。刚才他觉得有必要把门插上,把我挡在外面。这会儿却不得不跟我搭腔了。

我又不顾一切地砸门。他能怎么着?

75

门锁咔嗒打开了。透过门缝,他的胳膊像一条蛇似的伸了过来,皮肤衬着黑黪黪的毛发就像牛奶一样白。他倏地抓住我的手腕,那只大手使劲儿把我钳住。我畏缩了,但我决不哭出声。他压低嗓门冒出一连串碾轧谷粒似的声音,是那么刺耳,那么怒不可遏。

"去睡觉!你没听到我说的话吗?"

"不!我不想睡!"

这不是我的眼泪,只是从我脸上流过的眼泪,就像尿只是从我身体尿出去的玩意儿。

那只大手顺着我的胳膊往上捋,攥住我的胳膊肘。我被迫弯下腰,身子越来越低;我一脑袋撞在门框上。我没觉得痛。在我生活中发生的事情,什么都比孤独要好,我满足了。

"别再来这一套!别来惹我发火!滚开!"

我被猛地推到门外。门砰地关上。钥匙在里面转了几下。

| 104 | 我在门对面靠墙蹲下。我耷拉着脑袋。喉咙里发出什么声音,不是哭泣,不是呻吟,也不是说话的声音,而是星星上刮来的一阵风,刮过极地的荒野,穿过我的身子。这风是白色的,这风是黑色的,它什么也没说。

| 105 | 我父亲站在面前,俯视着我。穿上衣服,他就完全能主宰自己了。我的衣服弄得皱巴巴的,他能看见我的膝盖,我双腿末端穿着的黑袜子和鞋子。我不在乎,完完全

全不在意他能看见什么。风还在呼呼地穿过我,但这会儿柔和了一些。

"来,孩子,我们现在上床去吧。"

语调是温和的,但我可以听出一切,我听出了他声音里的愤怒,我知道这声音有多虚伪。

他攥住我的手腕,拎起我像木偶似的身子。他一松手,我就会倒下。我一点都不在乎身上会发生什么事儿。如果他要用脚后跟把它踩成肉浆,我也不会挣扎一下。我是被他扶着肩膀的一件东西,他领着我穿过走廊,走向最远那头的那个小屋。这走廊就像没有尽头,我们的脚步惊天动地,凛冽的寒风不停地打在脸上,把我脸上的泪水给抹掉。风朝四面八方劲吹,从每一处罅隙喷出,把每一样东西都变成了石头,冰一般的石头,简直寒气砭骨,就像在遥远的恒星上,那是我们永远都看不见的恒星,在黑暗和蒙昧中度过它们从无限到无限的生命,但愿我没有把它们跟行星搞混。风从我的房间里往外刮,穿过钥匙孔,穿过门缝。门一打开,我就被吞噬进去,我就会站在那个黑暗旋涡的口中,什么也听不见,什么也碰不到,风在我体内的原子世界喧嚣,在我眼窝深处呼哨,我被它吞噬了。

在熟悉的绿色床罩上,他把我放下了。他抬起我的脚,把鞋子扒下。他将平我的衣服。他还能做些什么?他还敢做什么?那温和的语调又来了。

"快,快睡一会儿,我的孩子,已经太晚了。"

他的手抚在我的额头上,一只紧绷绷的、长着硬茧的男人的手。多么轻柔,多么宽慰!不过,他想知道我是否在发烧,我的悲戚是否由病菌引起。我应该告诉他我身上没有病菌,我的肉体酸涩到连病菌都无法养育吗?

| 107 | 他撇下我走了。我精疲力竭地躺在那儿,整个世界围着我的床转了又转。我说过了话,也听见对我说的话了,触摸过了,也被触摸了。因而我不只是那些漫无目的地穿过我的脑海的那几句话;不只是一道光,照射在空空世界;不只是一颗流星(我今晚的天文知识真是不得了)。既然如此,为什么我不像以前那样简单地翻身入睡,穿戴齐整,早上醒来,把碗碟洗了,把自己的脸抹干净,等着我的奖赏呢(假如公平要主宰这个世界,毫无疑问应该会有奖赏)?而从另一方面来说,为什么我不睡觉,而是翻来覆去地想着,为什么我不像以前那样穿戴齐整、简简单单地入睡……

| 108 | 餐铃就在它该在的餐具柜上。我倒更喜欢大点儿的,那种铃声更响亮、更刺激的,就像学校上课敲的钟;也许阁楼上什么地方就藏着那个老学校的校钟,积满了灰尘,等着有朝一日重新派上用处(如果还会有学校的话),可我没时间去把它找出来(不过,万一他们听见从床顶传来老鼠爪的窸窸窣窣、蝙蝠翅膀的呼呼扇动、幽灵似的报复者的脚步声,他们的心会不会吓得从嘴里蹦出来?)。我像猫一样悄无声息,光着脚,捂住铃铛,蹑手蹑脚地穿过走廊,把耳朵贴在钥匙孔上。四周很安静。他们屏息躺着,两个人都

屏住呼吸,是在等待我的行动?他们睡着了吗?还是彼此搂抱着躺在那儿?是否就是这么一回事,他们动静太小,根本听不见什么声音,就像两只粘在一起的苍蝇?

| 109 |　　餐铃叮当作响,声音尖细,接连不断,还很古朴。

我右手摇累了就换到左手。

我比起先站在这儿时感觉好多了。我心里更平静了。我开始哼哼起来,一上来慢慢试着和上左一下右一下摇铃的声音一起哼,很快找到了节拍,就保持着节奏哼下去。

| 110 |　　时间渐渐流逝了,一缕薄雾渐渐散去,又渐渐聚集,被吸入前面的黑暗之中。我所认为的痛苦,虽然只是一种孤独,也开始渐而远去。我面部的坚骨在融化,我又变得柔软起来,一个柔软的人类动物,一个哺乳动物。铃声找到了某种节奏感,四下轻,四下重,我开始随之颤动起来,先是整个儿肌体的颤动,后来连细微的肌肉也在随之颤动。哀伤正离我而去。这些小细棍似的生物,从我身上爬出来,慢慢就变得越来越少了。

| 111 |　　一切都会好起来。

| 112 |　　我被砸晕了。事情就是这样。我的头被重重地砸了一下。我闻到血腥味儿,耳朵里嗡嗡作响。餐铃从我手里被夺下了。我听见它落在地板上的声音,丁零当啷地从走廊上滚过去,就像摇铃似的左一下右一下。走廊上回

荡着的暗哑的呵斥声,对我来说都毫无意义了。我从墙边滑下去,小心地坐在地板上。现在我舔到了血的味儿。我的鼻子在流血。我把血往下咽,也把舌头伸出来,舔着嘴唇上的血。

我上一次挨打是什么时候？我想不起来了。也许在这之前我从未挨过打,也许我一直是被宠着的——虽说这很难让人相信——我是被宠着、被责怪、被忽视的。挨打不是皮肉之苦,而是受辱。我感到屈辱,也怒不可遏。在这一刻之前我还从未挨过打,而现在不一样了。

空气中依然回荡着呵斥声,像热浪,像烟雾。我要是想,就能伸出手去,在那厚厚的声幕中挥动双手。

我头顶上赫然耸现一面巨幅白帆。空气中充满了噪音。我闭上眼睛,闭紧所有能够闭紧的孔隙。这噪音还是渗入了我的身体。我也开始叫嚷起来。我胃里在翻腾。

又重重地响了一声,是木头砸在木头上。远远地,传来咔嗒咔嗒的钥匙声。眼前依然天旋地转,即便我现在独自一人。

我已经挨过打了。我是一个讨厌鬼,现在让人暴扁了。这是我有时间时要考虑的问题。

我找到了靠墙的老地方,这会儿满心惬意,脑子里迷迷瞪瞪的,甚至有点儿倦怠。是不是真的？思考时,我分不清这是我的想法还是我自己在做梦。

一个人如果想要相信自己读到的东西,世上有很多地方终年下雪。

在西伯利亚或是阿拉斯加的什么地方,那儿有一片田野,覆盖着积雪,中间竖着一根柱子,歪斜着,腐烂了。虽然也许是正午,光线却是如此昏暗,倒让人以为已是傍晚。雪花无休无止地飘落下来。除此之外,目力所及之处什么都没有。

| 113 | 前门边上恰好放着一个帽架,我们要是用了雨伞,就可以插在那儿(如果我们对下雨的反应不是仰面迎着肆意的雨滴,让它淌进嘴里,还乐不可支的话)。现在那儿插着两支枪。一支是打鹌鹑和野兔的双筒猎枪,一支是大名鼎鼎的李-恩菲尔德①。那把李-恩菲尔德标有两千码的射程刻度,我真是大为惊叹。

那把猎枪的弹匣搁在哪儿我不知道。但帽架上有一个小抽屉,那里面是他们多年来存放的一些稀奇古怪的纽扣和别针,其中还有六颗.303的带黄铜尖头的弹壳。我摸到了。

瞧瞧我这么个人,没有人想得到我会用枪,但我会。我有些事情没人能想得到。我不敢肯定自己能够在黑暗中装上一个弹匣,但我可以把单颗子弹塞进后膛,把枪栓推上。通常我的皮肤干燥得起鳞屑,但现在我的手心又湿又冷,很不舒服。

| 114 | 我并不轻松,虽说我发觉自己在行动。一种空虚

---

① 李-恩菲尔德(Lee-Enfield),一种.303口径的步枪,匣式弹仓内可装十发子弹,这是英国陆军在二十世纪初配备的基本步兵武器。

滑入了我身上的某个地方。现在没有什么事情能叫我满意了。我站在黑暗中摇着铃哼唱着那会儿是挺满意的,但我怀疑如果再回去搜寻一番,找到落到家具下面的餐铃,擦去那上面的蛛网,站在那儿摇响它,同时和着铃声哼哼唧唧,我可能也不会再有那样的快感了。某些事情似乎是永远无可挽回的。也许这证明了过去的真实性。

| 115 | 我并不轻松。我不能相信在我身上发生的事儿。我摇摇脑袋,突然不明白我晚上为什么不在床上好好睡觉;我不明白为什么我父亲这个晚上不在自己的床上睡他的觉,而亨德里克的妻子不在她自己和亨德里克的床上睡觉。我看不出我们所做的事情背后的必然性,我们之中任何人的任何事。我们做的事情不过只是一时的兴起,一次又一次的心血来潮。我们为什么不能接受自己的生活是一片空虚,就像我们生活其间的荒漠一样空虚,何妨每天无忧无虑地数着羊只或是洗刷杯碟来打发时光?我看不出为什么我们生活的故事中必须要有那么一些风风雨雨。我对每一件事情都开始另有想法。

| 116 | 子弹妥帖地躺在枪膛里。我自己的恶行又置于何处?因为停下来重新思索之后,我肯定要一如既往地干下去。也许我缺少的不是去对付那些令人生厌的坛坛罐罐,和每天晚上如何面对同样的枕头的决心,而是面对一段历史的决心——这段历史讲述起来太乏味了,几乎是一段沉默的历史。我缺乏停止絮絮叨叨的勇气,没有勇气在死

后返回我阒无声息的来处。我往这沉甸甸的枪里装填子弹时所编织的这段历史,只是某种疯狂的自欺欺人的胡言乱语。莫非我是那种想法虚幻的人,只能靠子弹来拯救自己?这正是我溜出去那工夫还在忧虑的事情,一个似非真实的身影,一个荷枪女子,融入星光灿烂的夜幕。

| 117 | 院子浸入皎洁的月色之中。仓库和马车房的石灰墙面闪着幽灵般的苍白。远处的耕地上,风车的叶片一闪一闪。活塞吱吱嘎嘎,嘭咚嘭咚,这声音隐隐地传到我这儿,却又是清晰地回响在夜的微风中。我生活的这个世界真是美得几乎让人透不过气来。书里能读到这般相似的情形,那些死刑犯走向绞刑架或是断头台那当儿,偶然瞥见大地的景色,那真是极度纯洁的一瞬,他们跪下时会为自己必将死去无比痛悔,又感恩自己曾活过。也许,我该效忠的不是太阳,而是月亮。

然而,我听到了一个声音,一种不属于此处的声音。一会儿低微,一会儿醒豁,像是患犬瘟热病的狗在哀号,猗猗而吠,喘息不止。可发出这声音的不是狗,而是一个类人猿,或者是人类,又或者是好几个人,在屋宅后面的什么地方。

我像端着盘子似的把枪端在身前,踮起脚尖穿过沙石地,绕过马车房走到后面。这屋舍的墙投下一道阴影。在正对着厨房门的影子映着什么,不是狗,不是猿,而是一个男人,事实上(我走近时看清了)是亨德里克,这家伙本不该出现在这儿。一看见我,他的声音,他嘴里咕咕哝哝说的话(如果可以用这个词来形容的话)马上就停住了。我走近时,他作势要站起来,身子却朝后倒去。他手掌朝外向我摊开双手。

"别开枪!"他说。他跟我开了个玩笑。

我的手指没有离开扳机。我暂时不会被外表所迷惑。他身上冒着一股酒气,不是一般的酒,是白兰地。只有从我父亲那儿才能弄到白兰地。这样看来,他是被贿赂了,不是被骗了。

他一只手在身后撑住厨房门,再一次试图站起来。他的帽子从膝盖上掉到地上。他伸手去抓,慢慢地侧身翻倒在地。

"是我。"他说,另一只手伸向我的枪口,他根本够不着。我后退了一步。

他侧身躺在台阶上,蜷曲着双膝,这时他忘记了我,开始抽泣起来。这就是那时我听见的动静。他的身子每颤动一下,鞋跟就在地上轻磕一下。

我什么都帮不了他。

"你会着凉的,亨德里克。"我说。

118　我父亲的房间紧锁着,不让我进去,却敞着窗子,从来就是这样。够了,今晚其他人发出的声音已经让我听够了。为此有必要迅速采取行动,无须再作考虑。还有,既然我不能把耳朵堵上,那就对自己轻轻地哼上几声吧。我把枪筒滑进两道窗帘中间。我把枪托倚在窗沿上,枪举高,枪口对准室内远处的天花板,闭上眼睛,扣动扳机。

84

在这之前,我还从未有幸在家里听见武器开火。我习惯了从山里传来的一波又一波的回音。但此刻,我先是感到枪托在肩头一震,那股冲击力直接就来了,力度不大,并不特别明显,随后是一阵静默,然后才是一声尖叫。

我听着尖叫,嗅着无烟火药的气味。两块铁矿石的碰撞,打出了一颗火星,还有一缕同样令人陶醉的烟雾。

| 119 | 事实上,此前我从未听见过这样的尖叫。它充斥了整个黑黢黢的卧室,清晰,激越,穿墙而出,墙壁简直像玻璃一样。喊累了,这尖叫声渐而变得短促,但紧接着又是再度迸发。我惊呆了,我简直不能相信一个人能发出这般惊天动地的尖叫。

枪栓往回拉一下,弹壳叮当落在我的脚下。第二颗子弹,冰凉而陌生,迅即滑入枪膛。

尖叫声变得更短促了,还带点儿节奏感。还有一连串压低嗓音、毫无节奏的骂骂咧咧,等我有时间的时候,如果我还能回忆起来的话,过后我能分辨出来。

我抬高枪筒,闭上眼睛,扣动扳机。就在这工夫,枪猝然脱手了。子弹出膛的爆炸声甚至比刚才还让人兴奋。整支枪脱了手,不可思议。它往窗帘里蹿进去了。我空着手,扶住膝盖。

| 120 | 我现在该走了。我惹出的麻烦已经够大了,我胃里不舒服地闹腾起来,他们的这个夜晚被毁了。毫无疑问,我必须为此付出代价。目前我最好还是一个人待着。

85

| 121 |　月光下,亨德里克站在院落中央看着我。没法知道他在想什么。

我用冷冰冰却规范得体的言辞对他说:"去睡吧,亨德里克。太晚了。明天又是新的一天。"

他身子摇晃了一下,那张脸遮在帽子的阴影里。

尖叫声已演变成叫嚷。如果我这会儿离开,可能对大家都是最好的。

我从亨德里克身边绕过,走上离开农庄大宅的路,不妨说,这会儿如果有人用另一种目光看待这条路,这将是一条通向更广阔的世界的路。一开始,我有一种背后会受到攻击的感觉,稍后就好多了。

| 122 |　我所做的一切是否能有一个合适的解释,如此这般的解释是否就装在我内心,就像在罐子里哗啦作响的一把钥匙,等着被取出来,解开那个秘密?这些解读是否就是这把钥匙:经过与我父亲的这场冲突,我希望把自己从对独立存在无休无止的冥思状态中解脱出来,进入对危机感与决心的真正的斗争之中?如果是这样,我到底是希望使用这钥匙,还是想暗自把它扔到路边,从此再不见它?在某一时刻,我从一个致命场合抽身而去,离开枪火、尖叫和被打断的欢情,我的鞋子硌在鹅卵石子上,月光打在我身上,我像是裹了一道道银白色的带子。夜晚的微风变冷了,而下一刻我可能会迷失在事物中,又回到喋喋不休的言辞中去,这难道不是件很了不起的事吗?我莫非只是混于万物之中

的一件东西,只是被肌肉和骨骼牵引着沿路行走的一具躯体,抑或,我始终只是一个穿越了时间的独白,大约离地五英尺(如果这地面不只是另一个词的话),我究竟迷失在哪种境地里了?不管情况如何,我显然不像自己希望的那么正常。我何时能让人忘却我今晚的行为呢?我本来可以保持自己内心的平静,或者至少是表现得不那么无所谓。我对亨德里克的悲哀的反感,正体现了我无所谓的态度。一个血管里流动着红色血液的女人(我的血是什么颜色?是稀薄的粉红色,还是像墨水似的深紫色?)本该把斧头塞进他手里,掇弄他进入这房子去找人报仇。一个决心主宰自己生活的女人,不会畏缩得不敢拉开窗帘,也不会害怕让自己的罪愆见光,无论是月亮的清辉,还是木柴燃烧的火光。而我,正如我所担忧的,总是在追求戏剧效果与耽于沉思之间徘徊不定。虽然我举枪瞄准并扣动扳机,但我闭上了眼睛。这不仅是出于女人的羸弱,也有其私下的原因,某种心理使我不想看见我父亲的裸体。(也许是同样的原因使我不能伸出手去安慰亨德里克。)(对那女孩的裸体我一字未提。为什么?)能拥有心理是一种慰藉——是否曾有被赐予心理功能却并不具有实体的生物?——但也有不安的原因。在一个充满无意识动机的故事里,我又是谁创造的生物?我的人身自由处于危险之中,我正在被我无法控制的力量逼入困境,我很快将无事可做,只能坐在角落里,一边哭泣,一边抽搐。这当儿,困境犹如在宽阔大路上长途跋涉,并没有什么特别之处:在路的终点,我将会发现地球是圆的——困境有各种情形。我没有在路上生活的装备。这就是说,当我有脚有腿,无法自欺欺人地声称自己需要食物,伴随着蝗虫和阵雨,带着奇怪的备用鞋子,我能无尽地一路走下去——说真的,我对一路上要遇到的人们都无甚兴趣,不管是小客栈老板、赶马车的、还是剪径大盗;如果我就处于这样一个世纪,和抢劫、强奸的人一起——我没有什么值得抢夺的东西,也不值得强奸的,虽然事情发生在最意想不到的人身上,那些人,以及冒险、强奸、劫掠,都将成为难忘的经历。从另一方面来看,如果这条路一直像现在这样延伸下去,黑咕隆咚,阴风大作,遍地砂石,如果我就这样跟跟跄跄地在月光下或是日光下一路走下去(不论是哪种情形),哪怕不能抵达阿莫埃德、车站或是让女儿们堕落的城市,由于奇迹中的奇迹,这条路将日复一日、一周接一周、一季连着一季地延续下去,没有终点;如果我运气够好,抵达了世界的边缘,那我也许就让自己这样一路走下去,让生命的故事写在路上,没有心理,没有冒险,也没有形式,走啊走啊走啊,穿着我老式的带褡襻的鞋子艰难地走着,鞋子终究踏成了碎布条儿,而取代它的将是一双带褡襻的新鞋,那坑意儿被一根细绳穿着挂在我的脖子上,就像一对黑色乳房。我很少因为蝗虫和雨水而停下脚步,更不常为了赏阅自然景色而驻足,只会停下来睡觉和做梦,没有这种休整我们都活不了,而我的沉思的缎带,黑白相间,像是漂浮在地面上五英尺高处的一层薄雾,往回延伸至地平线——是的,我也许会让自己投入这样一种生活。如果我知道这就是对我的一切要求,我将马上加快脚步,步子迈得更大,臀部晃悠起来,带着欣悦的心灵和一脸笑容向前走去。然而,我有理由感到怀疑,或许不能说是理由,它不在这个范畴之内;应该说我有某种疑惑,一种纯粹而简单的疑惑,一种无根据的疑惑,那就是这路通向何方:如果我拐入右边的岔路,那便通向阿莫埃德的黑人居住区,如果向左,则走向车站。如果我选择向南径直穿过枕木,总有一天我会发现自己来到了海边,行走在海滩上,听着汹涌的波涛声,或者,也可以径直走向大海,辜负了奇迹,只是被它的辅助装置无情地驱使前行,海水没过我的头,言辞的缎带最终在翻涌的泡沫中永远飘散。我要对火车上的人说什么呢?那些人都奇怪地看着我——因为我脖子上挂着备用的鞋子,因为我手提包里蹦出了蝗虫——那位一头银发的、和蔼的先生,那位身着黑色棉布衣衫、不时拿最精致的手绢轻拭流汗的嘴唇的胖太太,那位神情拘谨的小伙子,那么专注地看着我,事情因时而异,他的身份随时都可能被揭露出来:也许是我失散已久的兄弟,也许是一个诱骗我的人,甚或两者皆是。我能对他们说什么呢?我张开嘴唇,他们瞧见我杂色斑驳的牙齿,闻到我齿龈的腐烂气息。曩昔寒冷的黑风从我身上没完没了地吹了出来,这风朝着他们怒吼,吹得他们脸色煞白,不知从哪儿来,也不知吹往哪里去。

| 123 | 我父亲坐在地板上,背靠着那张繁衍家族嗣息的大双人床的床脚竖板。他的腰部以上都裸露着。他躯体的肌肤雪白雪白。他的脸,本该像他的前臂一样呈砖褐色,却变黄了。他直直地看着我,我站在那儿,用手捂着嘴,沐浴在早晨第一道阳光里。

他身上别的部分裹在绿色的褶裥里。他把绿窗帘扯下来了。窗帘杆也扯下了,这就是室内变得如此明亮的缘故。他把窗帘围在自己的腰上。

我们彼此瞪眼看着。尽管我尽力尝试了,但我仍然不能读懂他脸上的表情。我缺乏解读脸部表情的能力。

| 124 | 我穿过屋子,关上所有的房门:两扇起居室的门,两扇餐室的门,卧室的门,又一扇卧室的门,缝纫间的门,书房的门,浴室的门,卧室的门,厨房的门,配餐室的门,我自己的房门。有些门本来就是关着的。

| 125 | 杯碟都还没洗。

| 126 | 我父亲的房间里有几只苍蝇。空气里充斥着它们的嗡嗡声。它们叮在他脸上,他却没把它们掸走,而他一向都是讲究卫生的男人。它们麇集在他手上,他的手已经被血染红了。地板上溅上了干结的血污,窗帘上也粘上了斑斑点点的血迹。我不是那种见血就要晕的人,以前过节时我用猪血做过黑香肠,可这一次我说不准是不是离开这房间对我更好些,是不是该出去走走,让头脑清醒一下。可是,我留下了,我被困在了这儿。

他说话了,慢腾腾地清了清嗓子。"去把亨德里克叫来,"他说,"告诉亨德里克来这儿,请求你。"

我掰开他的手指,把软塌塌的沾血的窗帘从他身上扯开,他没有反抗。他肚皮上有一个窟窿,大小足以让我的拇指伸进去。周围的肌肤灼焦了。

他手拽住窗帘的一角,遮住了自己的私处。

这又是我的过失。我总是做不对。我把那卷成一团的窗帘盖了回去。

| 127 | 我现在撒开腿跑着,长大后我还从来没有跑动过,攥紧拳头,摆动手臂,两腿艰难地跑过河床上的灰色沙滩。我全然投入自己的使命,没有经过任何的思虑就做出行动,犹如一头百来磅重的动物在灾难驱使下没命地蹿越而去。

| 128 | 亨德里克睡在没有褥套的垫子上。我朝他弯下身去,差点被那股浓烈的酒气和尿臊味儿熏倒。在他睡意蒙眬的耳边,我气喘吁吁地带来了口信:"亨德里克,醒醒,起来!老板遭到了意外!快去帮忙!"

他胡乱挥动胳膊,打中了我,怒气冲冲地喊了几声,然后又昏睡过去。

那女孩不在这儿。她在哪儿?

我开始朝亨德里克身上扔东西,茶壶、一大把勺子和刀子、盘子。我抓起一把长柄刷,用上面的猪鬃扎他的脸。他从床上挣扎着起身,伸出两手来抵挡。我往他脸上扎了又扎。"我跟你说话时你得听着!"我喘着气儿说。我也气得要命。茶壶里的水洒到了垫子上。他倒退着身子走出门,又四仰八叉地躺倒在门槛上。他被阳光晃了眼,又蜷着身子侧卧在泥地里。

"酒瓶在哪儿？告诉我！白兰地在哪儿？你是从哪儿弄来白兰地的？"我手里拿着长柄刷，居高临下地看着他，幸好没有人在一旁看我们，一个成年男人，一个成年女人。

"你放过我吧，小姐！我什么都没偷！"

"你从哪儿弄来的白兰地？"

"老板给的，小姐！我没偷。"

"起来，听我说。老板出了意外了。你明白吗？你得赶快来帮忙。"

"是，小姐。"

他挣扎着站起来，摇摇晃晃，踉踉跄跄，马上又倒下了。我把长柄刷举高了，他怨恨地抬起一条腿来抵挡。

"快呀，看在上帝分上，快起来，"我尖吼道，"如果你不帮忙，老板就要死了，那可不是我的错儿！"

"稍等一会儿，小姐，这可不容易。"

他根本没有尝试着要起来，倒是躺在地上笑了。

"你这酒鬼，你这肮脏的酒鬼，你这算是玩完了，我发誓！收拾好东西快滚！我不想在这儿再看见你。"刷柄砰地敲在他的鞋底上，从我手里滑出去了，打了个转。

| 129 | 我又喘着气，艰难地穿过河床跑回来。但愿这条河咆哮着漫上堤岸，把我们、羊群和所有的一切全都冲走，落个白茫茫大地真干净！如果这宅院没有先被烧毁的话，也许这就是故事的结局。但这最后的黎明的淡紫色已经消逝了，我们又将迎来美丽的一天，如果我不知道天空就是清澈无物的，大地就是干涸的，岩石就是坚硬的，我会说这天

空是那么无情。生活在这无知觉的天地之间真是受罪,而这天地之间的每一样东西,除了我,都只是它们自己!我是唯一一颗这样的微粒:并非盲目地旋转着,而是试图在这物质的风暴中,在被欲望驱使的躯体中,从这种乡村蠢事中,创造自己的生活!我的胃在发胀,我不习惯奔跑,我一边跑一边放着响屁。我本该生活在城市;贪婪,这是我能理解的一种恶习。在那个城市里,我也许会有扩展的空间;也许还不算太晚,也许我还是可以跑开,跑到城里去,伪装成一个男人,一个消瘦而没有胡子的小男人,去践行贪欲之道,赚大钱,找到自己的幸福,虽说最后一项不太可能实现。

| 130 | 我气喘吁吁地站在卧室窗前:"亨德里克不来。他醉了。爹爹你不应该给他白兰地。他喝不惯那玩意儿。"

昨晚那把枪躺在靠近窗台的地上。

他脸色蜡黄蜡黄。他像刚才那样坐在地上,紧紧地抓住窗帘。他脑袋没有转过来。不知道他是不是听见了我说的话。

| 131 | 我跪着看他。他瞪着空白的墙壁,但他凝视的目光却聚焦在这面墙壁以外的某个地方,也许是聚焦于无限,或者甚至是他的救世主身上。他死了吗?我生活中除了出天花和流行性感冒,还从来没有经历过比死去一只猪更大的事儿。

他的呼吸冲向我的鼻孔,高热,恶臭。

"水。"他哑声说。

水桶上面漂浮着几只蚊子。我撇去蚊子,喝了一大杯。然后我带回满满一杯,递到他嘴边。他喝水的时候又有了一点精神。

"我扶爹爹到床上去吧?"

他自顾呻吟,咬紧牙关,呻吟一下吸一口气。窗帘下面露出他的脚指头,蜷曲又松开。

"帮帮我,"他嘶哑的嗓音说,"快去叫医生来。"眼泪从他脸颊上落下来。

我跨在他身上,紧紧抓住他腋下,试图把他托起来。他一点都使不上劲儿。

他哭得像一个小娃娃。

"帮帮我,帮帮我,痛死人了!快点!找点什么止痛的东西来!"

"白兰地都没了,爹爹你把所有的白兰地都给了亨德里克了,现在轮到我们自己要用,却一点都没了。"

"帮帮我,孩子,我受不了啦,我从来没这么痛过!"

| 132 | 我的鞋底难受地粘在地板上。我在屋里毫无头绪也没有目的地走来走去,留下的痕迹我还得弄干净。

他坐在血泊中,像一个弄湿了自己的小娃娃。

| 133 | 我第三次跑过河床,现在几乎就是步履艰难的跋涉,我累坏了,也厌倦了。我把那支枪扛在肩上。枪托磕碰着肩胛骨,我觉得自己就像是古代的从军者,但不知道自己

看起来怎么样。

亨德里克仰面躺在地上打着鼾。另一个臭烘烘的男人。

"亨德里克,马上起来,不然我开枪了。我受够了你的把戏。老板要你帮忙。"

一个人说话如果一句是一句,说时也不慌张地大喊大吼,而是平静地、从容地、口气果断地说,那别人就会明白他的意思并顺从他的指挥。发现了一条普适法则,这多么令人高兴。亨德里克摇摇晃晃地站起来,跟着我。我让他拿着枪。那枪膛里的子弹昨天半夜里就给用掉了。尽管我装腔作势,但其实我不可能伤人。

"亨德里克,托住他手臂下边,我们把他抬到床上去。"

亨德里克托住他腋下,我扶着他的膝盖,我们把我父亲扛到了凌乱的床上。他呻吟着,自言自语地说着胡话。我端来一脸盆水,一块海绵,还有石炭酸。

他背后的那道伤口我刚才没看见,血从里面不停地渗出来。肌肉都翻了出来。我轻巧地擦洗着伤口附近。每当海绵触碰到伤口,他都抽搐一下。但至少是把弹丸弄出来了。

没有足够的绷带来包扎那么大的伤口。我用裁衣剪把被单铰成布条。这花了好长时间。亨德里克坐立不安地待在一边,直到我吩咐他给主人赶赶苍蝇。他干得很不自在。

亨德里克抱起他的身子,我用软布团把那两个枪口塞住,然后用绷带把伤口包扎起来,围着他粗壮的腰绕了一圈又一圈。他那私处比我想象的要小,几乎全被那蓬蔓延到肚脐上黑黑的毛发遮住了:一个苍白的小鬼头,一个小不点儿,一个小矮人,一个傻小子,在锁闭的地窖里活了好几年,仅靠面包和水度日,只能跟蜘蛛说话,唱歌也只能唱给自己听,一天晚上穿上了新衣服,自由了,受重视了,放纵了,暴饮暴食,然后又被处决。可怜的小东西。真难相信我来自于那儿,或是下边这鼓鼓囊囊的东西。如果我被告知,我是我父亲多年前的一个念头,后来他厌倦了,将我扔诸脑后,我想这还不太离谱,虽说仍多少有些怀疑。我觉得更好的解释莫如说,我是我自己的一个念头,一个多年以来都无法摆脱的念头。

看着我忙碌的双手和眼睛,注意到我尽心尽力的动作和眼神,亨德里克有些尴尬,因为我女性的双手和目光如此靠近这颜色暗淡、毫无遮掩的男根。我明白他的尴尬,转身朝他露出坦率的微笑,我今天这是第一次朝他微笑,或许这些年来,我已经了解了他。他垂下眼帘。一个棕色皮肤的人也会脸红吗?

我把一件干净睡衣朝我父亲脑袋上套下去。在亨德里克的帮助下,我把睡衣从他的膝盖上放下来。现在他又变得干净体面了。

"现在我们只能等着看了,亨德里克。到厨房去,我马上就来弄咖啡。"

| 135 |　于是,突然之间我在这儿成了道德冲突的中心,

他们和我相差无几,因为我的教养几乎没有让我对此有所准备。我要做什么?当亨德里克找回自己的平衡时,他就会想知道这桩事故究竟是主人们的一次怪癖大发作呢,还是我该为这事儿受到惩罚,他能从中谋利。他会想知道谁是最可耻的,他,还是我,我们,还是他们,而谁将为缄默付出更大的代价。克莱恩-安娜(如果能找到她),她想知道我对她与我父亲的通奸是感到愤怒还是担惊受怕。她想知道我是否打算保护她不受亨德里克的报复,今后我是否打算让她远离我父亲。而他们两个,亨德里克和安娜,都想知道他们是必须离开农庄,还是需要把这桩丑闻隐瞒起来。我父亲想要知道的是我将怎样悔罪;当他不在时我是否会对这女孩采取什么行动;我们四人是否能编造一个故事以解释他受伤的缘由,比方说,一次打猎的意外。我将被隐蔽的眼睛监视着,我的每一句话都会被掂量来掂量去,人们对我说的每一句话中平淡的语气、不偏不倚的调子、看似模糊不清,都没法掩盖嘲讽的微妙情绪。嘲笑将在我背后传递。罪愆已经铸成。一定要有个罪犯。但谁是那个有罪的人?我处于极度不利的局面。我内心的风暴属于我所憎恶的那种心理状态,这种状态将支配我,驱使我相信自己蓄意犯下罪行,我巴不得自己的父亲去死。亨德里克和克莱恩-安娜的模糊身影在我身后摇着手指,我就会发现自己的生活变成了一连串的忏悔。我将发现自己舔着父亲的伤口,给克莱恩-安娜洗澡,再把她带到他床上,还殷勤地伺候亨德里克。在黎明前的黑暗中,我是伺候女佣的女佣,我将去生火,我将伺候他们在床上用早餐,在他们斥骂我的时候祝福他们。这条蛇已经爬进来了,古老的伊甸园已经不在了!

| 136 | 我在欺骗自己。事情比这更糟,糟得多。他永远不会康复了。曾经的田园牧歌变成了令人窒息的故事,在那类故事里,兄弟姐妹、妻女和小妾在床边徘徊和詈骂,倾听临终前喉咙里古怪的声音,要不就是悄悄跟踪着对方穿过祖宅的昏暗走廊。这不公平!因为我生来就在时间的真空中,对形式的变化一无所知。我只有内在的禀赋,仅限于事物核心身份是火还是冰。抒情诗是我的灵媒,而非编年史。我站在这房间里,看见的不是床上濒临死亡的父亲和主人,却是阳光以邪恶的辉耀映射在他热汗淋漓的前额上;我闻到鲜血、石头、油料和铁器都有的那股味道;人们穿越时空而来,呼吸着黑夜、空洞、无限穿越冥王星、海王星,还有那些因为太小、太遥远而尚未被发现的死亡的星星的轨道时,就闻到那种味道,那是物质衰朽、行将长眠的味道。噢,父亲,父亲,如果我能洞悉你的秘密就好了,钻进你的骨骼,倾听你骨髓深处的骚动,你神经的歌唱,漂浮在你起伏流淌的血液里,最终抵达平静的海面,那儿有我无数的兄弟姐妹在游泳,轻轻摆动他们的尾巴,微笑着,悄声告诉我一个生命就要来临!再给我一次机会吧!让我在你那儿消灭我自己,从而获得第二次洁净、崭新的生命,一条可爱的鱼儿,一个漂亮的娃娃,一个大笑的幼童,一个幸福的少年,一个欢乐的女孩,一个羞红了脸的新娘,一个爱意深重的妻子,一个温文尔雅的母亲,这故事从头到尾都在一处四邻和睦的乡镇上,一只猫躺在门垫上,窗棂前摆放着天竺葵,还

有柔和的阳光!我完全是个错误!一条黑鱼游在那群白色的鱼儿之中,那条黑鱼被选定是我。他们没有我这样一个姐妹,我就是噩运本身,我是一条鲨鱼,一条黑色的幼鲨。为什么你没有认出它,割断它的喉咙?你是一个什么样的仁慈的父亲啊,你根本不在乎我,却把我这样一个恶魔带到世界上?趁着还不算太晚,把我压扁了吧,把我吞了吧,把我消灭吧!把我抹去,也把那些窃窃私语的窥视者和这偏僻之地的宅院都给抹去吧,让我在一个文明的环境里再来一次!醒来拥抱我!只消把你的心给我看一次,我发誓我将永远不会再窥视你的心,或是别的什么地方,即使它是一颗最卑微的、石子的心脏!我还将放弃这种说话方式,每个词儿我都不再去用它!这种言辞一到嘴边我就纵火把它们烧掉!难道你看不出来,我这样说话只不过是出于绝望,因为爱和绝望才这样说吗?跟我说话呀!我必须用血的语言呼唤你才能让你开口吗?你在向我索取更多的恐惧吗?我必须拿刀子割你的皮肉才能发出我的吁求吗?你以为你能在对我说"是"之前死去吗?你以为我不能把空气吹进你的肺里,或是擂动拳头击打你的心脏吗?你以为在你看我之前我会把硬币搁在你眼皮上,或是在你开口说话之前合拢你的下巴吗?① 你将要和我在这屋子里一起生活下去,直到我找到自己的路,直到天崩地裂,直到星辰从天上掉下来。我就是我!我能等!

---

① 西俗的临终仪式,人死后把硬币摆在死者眼上并合拢下颌。

|137| 他的情况毫无起色。

我对一切都失去了耐心。我没有心情踮着脚尖从一个房间走到另一个房间去做实实在在的事儿,去跟亨德里克进行愚蠢的谈话。什么都没发生,或者说什么都不可能发生。我们都处于消沉之中。我捻弄着拇指,感到十分焦躁。如果天下雨就好了!如果草原遭到雷击,燃起大火就好了!如果那些孑遗的大型爬行动物能从水坝底部的黏泥中钻出来就好了!如果那些赤条条的人们骑着矮种马从山上倾巢而出,把我们统统杀光就好了!我该做些什么才能把自己从这终日乏味的存在中解救出来?为什么亨德里克不把切面包的刀子扎到那个毁了他人生欢愉的男人的胸口上呢?为什么克莱恩-安娜不从她锁闭的洞穴里出来(不管那洞穴在哪儿),跪在丈夫面前乞求原谅,被扇巴掌,吐唾沫,又与丈夫和好?为什么她没有在情人的床边哭泣?为什么亨德里克如此畏缩?为什么他不在我身边徘徊,露出暧昧的微笑,暗示替我保守秘密的要价,而是不知疲倦地在厨房里等待着?为什么我父亲自己没有怒气冲冲地诅咒我们?留给我来做的不仅是一分钟又一分钟地、粗暴地赋予自己活力,还要将活力赐予农庄里的其他人,农庄本身,甚至是一草一木、一砖一石?有一次我说我睡了觉,但这是一个谎言。每天晚上我换上白色睡衣,倒头睡下时长茧的脚趾朝着星星,我就这样说。然而,这不可能是真的。我怎么能睡得着觉呢?如果我对这世界暂时失去掌控,那它就可能四分五裂了:亨德里克和他羞涩的新娘将在彼此怀抱中化作尘埃,坠落在地上,蟋蟀将不再嘤嘤而鸣,在暗淡天空的衬

托下,这座宅院将分解成暗淡而抽象的线条和角度,我父亲像一朵黑色的云飘浮着,然后被吸吮进我脑海中的兽穴里,像一头熊在那儿咆哮、撞墙。剩下的将只有我——躺在那儿,为了那个致命的时刻,在所有的一切都消失之前,躺在一张搁在无形地面上的无形的床上,摆着睡觉的姿态。我编造这所有的一切是为了把自己编造出来。我现在不能停下来。

| 138 |　但我还做梦。我睡不着觉却做梦:怎么能做到这一点我自己也不知道。有一个梦是关于灌木丛的。太阳已经落下了,月亮是暗淡的,星星发出那么微弱的光亮,以至于伸手不见五指,那灌木丛在我梦里发出超自然的光芒。我站在灌木丛前边望着它,这树丛也透过最深沉的夜色望着我。然后,我有些困了。我打着呵欠躺倒便睡,沉于睡眠之中,最后的星辰在我头顶的天空升起来了。而这灌木丛,独存于天地之间,为了我这熟睡的人,也是知道它在何处的人,它继续把光芒洒在我身上。

　　这就是我那个灼亮的灌木丛的梦。我敢肯定,根据某种阐释的机杼,我的灌木丛之梦其实就是关于我父亲的梦。可是谁能说出关于我父亲的梦是什么意思?

| 139 |　"我得给驴子套上鞍子是吗,小姐?"

　　"不,我们再等等看吧,我们现在就搬动老板的话,可能会让他更受不了。"

| 140 | 　　那女孩在缝纫间里。她肯定整夜躲在那儿,缩在一个角落里,一直听着卧室传出的呻吟和外面沙石地上的脚步声,最后倒在地板上的布料堆里睡着了,就像一只猫。我拿定主意要找到她,立刻就找到了:一个在这房子里长大的人不可能辨察不出它一呼一吸中的细微差别。

"好啦,现在这场闹剧该结束了!你的衣服在哪儿?把我的被单拿开,拜托,你穿上你自己的衣服。好啦,快点,你现在想要干什么?你想跟你的丈夫说什么?昨晚上的事儿你打算怎么对他说?快点,说话呀,你怎么去跟你丈夫说?你来我们家以后都干了些什么?你这荡妇!你这脏货!瞧瞧你惹出的这场乱子吧!都是你惹的祸!所有这乱七八糟的事儿都是你捅的娄子!可有一件事我得告诉你,你今天就得滚出去,你和亨德里克,我受够了你们俩!别哭了,已经晚了,你本该昨儿哭的,今儿抹眼泪哭就帮不上你了!你的衣服在哪儿?穿上衣服,别光着身子站在我面前,穿上衣服滚出去,我不想再看见你!我得去把亨德里克叫来把你带走。"

"求求你了,小姐,我的衣服不见了。"

"别对我撒谎,你的衣服在昨晚你待的那间卧室里!"

"是,小姐,求求你,小姐,他会打我的。"

这样一来,我把自己小心眼的怨恨一股脑儿地朝这女孩发泄过去,内心满是愤愤不平和自以为是的情绪,这当儿我有幸成了天下女人中的一分子,成了乡间悍妇中的一员。很自然,人需要的不是教训,而是身边有驯服的人,和对他们不回嘴心存的不满。我是一个性格乖戾的人,只因为环绕着我的空间无边无际,历史的前与后似乎都已经退缩,而那些低眉垂眼的面孔确有无限的能量。我到处挥舞拳头。除了索然无味地向着万物的边界扩展,我还能做什么呢?什么都逃不出我的魔爪,那最卑微的草原之花很有可能被作践,我竟然在梦中希望能有一丛灌木来阻遏我形而上的征服,这有什么奇怪的吗?可怜的亨德里克,可怜的安娜,他们能有什么机会?

| 141 | "亨德里克!仔细听好了。安娜在家里。发生了这些事情,她很抱歉。她说这样的事情不会再发生了。她请求你宽恕。我想知道的是:如果我不把她打发走的话,以后是不是还会有麻烦?因为,亨德里克,我现在告诉你,如果你想找麻烦的话,我就干脆让你们两个都走人,你们今天就滚蛋。我想把话说清楚。你和安娜之间有什么纠葛不关我的事。但如果她来跟我说你对她动粗的话,你就得当心了!

"安娜!快到这儿来!快点,赶快呀,他不会对你怎么样的!"

那孩子慢腾腾地挪了出来。她又穿上了自己的衣服,那件垂到膝盖的棕色连衣裙,那蓝色开襟羊毛衫,还有那鲜红的方巾。她站在亨德里克面前,大脚趾在沙砾上划拉着图案。她脸上泪痕斑斑。她不停地抽着鼻子,哧啦哧啦地。

亨德里克说话了。

"小姐不必太操心,小姐管得太多了。"

他朝克莱恩-安娜走近一步。他声音里充满了一种我以前不曾耳闻的怒气。安娜溜到我身后,用袖子擦着鼻子。这是一个美好的早晨,而我被拖进一场混战之中。"你!我要杀了你!"亨德里克说。安娜拽住我后肩上的衣服。我晃着身子摆脱了。亨德里克朝她诅咒着,话里的意思我只能猜出个大概,我以前从未听过这些话,真是太奇怪了。"行啦!"我尖吼道。他不理我,仍是朝着安娜扑去。她脚跟一转就跑了;他追着她。她身子灵活又光着脚,他穿着鞋,心里又窝着一肚子火。她尖叫着,脚不停步地左右挪闪,试图甩开他。这工夫,在离我站着的地方一百码远的、往学校校舍的那条大路中央,她突然倒在地上,身子蜷缩成一团。亨德里克跑上去便是一阵拳打脚踢;她绝望地哀号着。我提起裙摆向他们跑去。这无疑是干上了,毫不含糊地干上了。我不能否认在我的担忧中掺杂着某种幸灾乐祸的成分。

| 142 | 亨德里克用他的软底鞋有节奏地踢着她。他没有抬头看我,脸上湿漉漉的全是汗水,他有自己的事儿要忙。如果他手里有一根棍子,他也会用上的,但天底下这块地方没有多少棍子,他妻子还算走运。

我用力扯住他的背心。"放开她!"我说。他似乎料到我会来拽他,一把握住我的手腕,然后麻利地转过身攥住另一只。有一刻他和我脸对着脸站着,他攥着我的手腕擎在胸前。我嗅到了他的愤怒,有些不适。"快放开!"我说,"放开我!"

接下来是一连串的动作,慌乱之中我没法辨识是怎么回事儿,虽然,我敢肯定过后我冷静地回想就应该能够理出头绪。我被人前后摇晃着:跟跟跄跄的脚步好像跟身体脱节了,脑袋猛地摇来晃去,我失去了平衡,却又无法倒下。我知道自己看上去怪模怪样的。真是幸福,生活在这人烟稀少之地的深处,谁也不需要在谁面前装门面,甚至现在看来,也不必在佣仆面前装。我一点都不生气,虽然我的牙齿在咯咯打战:还有许多事儿比为弱者挺身而出更糟,还有许多事儿比被人摇来晃去更糟,他的动作并不粗鲁无情,我在这男人身上没有感受到任何恶意,他的怒气是可宽恕的,不知为什么我看见他的眼睛是闭着的。

亨德里克放开了我,我腿一软朝后仰去,他转过身去追那女孩了,女孩已跑走了。我背着地狠狠摔了下去,手掌蹭在沙石地上,裙子扬了起来,我头晕眼花却满心欢喜,还做好了更进一步的准备,也许我这么多年来的问题仅仅是我没人可以一起玩。血嘭地冲上耳朵。我闭上眼睛:只消片刻,我就将是我自己了。

| 143 | 亨德里克跑得没影了。我拍了拍衣服,扬起一团尘土。我裙子口袋完全给撕掉了,钥匙圈也不见了,那上边串着库房、配餐室、餐室橱柜的钥匙。我四处摸索着,直到找着了那玩意儿,又把头发捋直,随即踏上通向校舍那边的大路去追赶亨德里克。真是一波未平一波又起,可是我却不像刚才那么兴奋了,那股冲动劲儿正在消散,我自己也搞不清楚为什么要继续跟在他们身后,也许应该让他们用自己的方式去解决彼此之间的恩怨,再言归于好。但我不想

落单,我不想陷入百无聊赖的状态。

| 144 |　亨德里克手膝并用地趴在那女孩身上,女孩躺在一张带脚轮的矮床上,他似乎要用牙齿咬住她的喉咙。她挺起膝盖想把他顶下来;她的裙子滑到了臀部以上。"别这样。"她哀求他,而我全听见了,突然在校舍门口停下来,瞬即映入眼帘的便是她的大腿和他的面颊,随后,当我两眼适应了室内的昏暗时,所有的一切赫然在目——"别这样,别在这儿,她会看见我们的!"

　　两颗脑袋一同转向门口的身影。"天哪!"她叫喊着。她放下了两条腿,把裙子往下扯,把脸转向墙面。亨德里克直挺挺地跪在那儿,冲我咧嘴而笑。他两腿中间那个毫无掩蔽的东西想来就是那话儿了,可似乎大得不成样子,除非是我弄错了。他说:"小姐反正也看见了。"

| 145 |　我推开病房的门,差点被一股甜腻的恶臭熏倒。安宁的房间里洒满阳光,可四下全是响亮的、搅成一团的嗡嗡声。几百只苍蝇在里面飞来飞去,有普通的家蝇和个头更大的、尾部发绿的绿头苍蝇,它们短促刺耳的声音混在一片嗡嗡嘤嘤之中,房间里像是回响着层次丰富的复调音乐。

　　我父亲瞥见了我。他唇间翕动出什么词儿,我听不清楚。我不情愿地站在门口。我本不该回来的。这儿的每一道门后面都有新的惊骇。

　　那词儿又重复了一遍。我踮起脚尖走向床边。苍蝇从我面前散开,激起声调更高的嗡嗡嘤嘤的声音。一只苍蝇仍叮在他鼻梁上,抹着自己的脸。我挥手赶开它。我可以花上一整天来对付这事儿。嗡嗡声又响起来了,经久不息。

水,他在说这词儿。我点点头。

我撩起被单看了看。他躺在已经开始凝结的血泊和粪便之中。我把被单塞回他腋窝底下。

"知道了,爹爹。"我说。

我将大口杯凑到他唇边,他大声地啜饮着。

"再来点。"他嘶声说。

"先等等。"我对他说。

"还要。"

他又喝了一些水,攥紧我的胳膊,等着什么,听着远处的什么声音。我挥走苍蝇。他开始低声哼哼起来,声音越来越响,整个身体渐渐变得僵硬。我该做点什么来减轻他的痛楚。他用力抓着我胳膊,强迫我坐下。我屈服了,蜷缩在床边,只怕坐在床上渗出的东西上。那股恶臭越来越刺鼻。

"可怜的爹爹。"我轻声说,把一只手搁在他前额上。他在发热。

被单下面有一股液体般的流动。他呼出一口气,又倒抽一口。我受不了这个,把那些手指一个一个地从我胳膊上掰下来,但是它们又一个一个地攀了上去。毫无疑问,他绝不是没有力气。我使劲甩开胳膊站了起来。他眼睛张开了。"医生很快就要来了。"我告诉他。这床垫肯定洗不干净了,到时候得把它烧了。我得关上窗子。窗帘也得拉上。

午后的燠热和这儿的臭味混在一起,没人能忍受得了。这儿的苍蝇也让我再也无法忍受了。

| 147 | 那些苍蝇,该是沉浸在喜不自禁的欢乐之中,听起来却十分恼怒。对它们来说,似乎什么都不够好。它们兜了几英里路,放弃了食草动物贫瘠的粪便,像离弦之箭一般飞赴这个血淋淋的盛宴。它们为什么不歌唱?也许我以为它们在使性闹气的声音正是昆虫的狂喜之声。也许它们的一生可以说就是一条漫长的欣喜若狂之途,而我对此却一直有着错误的认识。也许动物的生命也是一条漫长的欣喜若狂之途,只有当它们完全知道那把刀子已经发现了它们的秘密,并且即使此刻太阳在它们面前,它们也看不见灿烂的阳光时,这条路才会中断。也许亨德里克和克莱恩-安娜的生命也是一场狂欢,即使不是一场轰轰烈烈的狂欢,至少也能从眼里和指尖缓缓散发出光彩(虽然我看不见),只有在昨晚和今天早上这种情况下才会中断。也许狂欢其实并不少见。如果我少唠叨一些,更多地诉诸自己的感觉能力,我会更懂得什么是狂欢。可是从另一方面来看,如果我不再说话,我会陷入惊慌,失去我对这个我最熟悉的世界的掌控。我突然觉得,自己正在面对眼前的蝇群无需作出的选择。

| 148 | 苍蝇一个接一个坠落在我的苍蝇拍下,有些被拍成了黏糊糊的一团,有些缩着腿灵活地躲闪开去,有些背部

着地愤愤地打着旋儿,直到我降下慈悲的一击①。那些幸存的家伙还在屋里转圈飞来飞去,等我打累了歇手。可我得把房间弄干净,为此我会不知疲倦地打下去。如果我不管这房间,而是锁上门,用破布把缝隙塞住,我会发现接下来自己对一件事又一件事弃之不顾,直到整个宅子几乎都废弃了,等于也背叛了建造这宅子的人,屋顶塌陷,百叶窗啪啪作响,木结构开裂,织物腐坏,老鼠在此寻欢作乐,只剩下最后一个房间完好地保存着,一个单人房间和一条黑暗的过道。我白天晚上都在那儿徘徊,轻轻叩击着墙面,为了过去岁月,努力回想各种各样的房间,客房、餐室、配餐室——那里面各种各样的果酱耐心地等着,用烛蜡封存着,而重焕生机的日子永远不会再来了;然后我离开那儿,困得头晕目眩,即便成了不知冷暖的疯老婆子,从流动的空气、尘埃的微粒、蜘蛛的网丝、跳蚤的虫卵中汲取养分,也必须得睡觉。我该回到最后那个房间里,我自己的房间——床靠着墙,镜子和桌子摆在角落里,我在那儿手托着下颏,想着疯老婆子的念头,我会在那儿死去,坐在那儿,烂掉,苍蝇会吮吸我,日复一日,日复一日,更不用说老鼠和蚂蚁了,直到我完全变成一具白骨,再无他物可贡献。这具白骨也许会被安静地留下,蜘蛛在我眼眶里结网,捕捉那些陷落者做美餐。

---

① 慈悲的一击(coup de grâce),原文为法语,指为解除对方最后的痛苦而出手。

| 149 |　　这里肯定是插进了某一天。在我父亲病入膏肓期间肯定有一处空白,那期间亨德里克和克莱恩-安娜总算安耽下来,因为此后他们回到了以前的状态,或者说,即便不像以前一样,也是以我无所觉察的方式变得更明智、更悲哀了。我肯定是不知不觉地度过了这一天。也许我睡了一天。也许我灭了所有的苍蝇,拿了一块湿海绵给我父亲的额头降温,一直守到忍受不了那股恶臭。也许我走出去站在过道里等他喊我,然后就在那儿睡着了,梦见了雨水和草原上开满了花朵,白色、紫罗兰色和橘黄色的,它们在风中荡漾,直到暮色降临,我才醒来,爬起来去喂鸡。也许,那会儿我心情忧郁地用胳膊夹着鸡食盆,站在那儿聆听树叶被夜风吹得飒飒作响,望着蝙蝠翅膀在落日余晖中闪动,心头掠过一阵沮丧的思绪——那些在难以消受的美景中度日的人们也明知自己难免一死。也许我当时就祈祷了,我不是第一次这样做祷告,我希望在平静中死去,不要抱怨自己归于尘土,只是期盼着生命像一朵花或是蠕虫肚子里最不起眼的一粒微尘,无知无觉。我想,很有可能插进了这么一天,而我就是这样度过那一天的,无助地面对我父亲的痛苦,很想抽身而去,打着瞌睡,在傍晚阴凉的院子里举步蹀躞,思量着当我们都不在了,事情会怎样。可是,纵然如此,我本来也可以用另一种方式度过那一天,我不能忽视这一点。我也许会试着帮他起床,但我没成功,他太重,我太瘦小。这也许可以说明为什么他死的时候那么可怕地挂在床边,脸上发紫,眼球外凸,舌头拖了出来。也许我想把他挪出那个腌臜窝儿。也许我想把他转移到另一个房间。也

许,我气馁了,恶心死了,放弃了他。也许我把他的脑袋抱在怀里抽泣着,说:"爹爹,帮帮我,我自己一个人做不来。"也许当时我们都越来越清楚他不可能对我有什么帮助,他一点力气都没有,他满心想着自己体内发生的事情,也许当时我这样说:"爹爹,原谅我,我不是故意的,我爱你,所以才这么做。"

| 150 | 但是,说实在的,我对这种种猜测都抱有警觉之心。我怀疑,在那无迹可寻的一天中,我并不在那儿;如果是这样的话,我就没法知道那一天是怎么度过的。因为我的存在似乎变得越来越时有时无。整整几个小时,整整几个下午都不见了。对缓慢的岁月流逝,我似乎变得急不可耐起来。我曾经对自己一天到晚的冥思状态感到非常满意,可是现在,经过这么一个狂欢性的事件,我对此事已是相当着迷。我像那种住在寄宿公寓的女生似的,坐在那儿用手指甲轻叩家具,听着时钟嘀嗒嘀嗒的声音,等着接下来要发生的事儿。我曾经像鱼儿在水里一样活在时间之中,呼吸着它,吞饮着它,靠它维持生命。现在我消磨了时间,时间也消磨了我。乡村的生活方式!我多么渴望乡村的生活。

| 151 | 我坐在厨房餐桌旁,等着咖啡凉下来。亨德里克和克莱恩-安娜站在我身边。他们说自己在等我吩咐,可我没法给他们派活儿。因为没人再吃饭了,厨房里也没有什么事儿可做。农庄里要干的事儿亨德里克比我清楚得

111

多。他必须让羊群免遭豺狗和野猫侵扰。他必须得消灭扁虱和绿头苍蝇的蛆。他必须得帮母羊产下小羊羔。他必须得让园子欣欣向荣,不遭病虫侵害。所以,亨德里克和克莱恩-安娜并不是在等待我的安排:他们是在等着看我下一步怎么办。

| 152 | 我坐在厨房餐桌旁,等着咖啡凉下来。亨德里克和克莱恩-安娜站在一边。

"那气味闻起来挺不好。"亨德里克说。

"是啊,我们得点火烧掉。"我回答。

我很感激的是,在这困难的时刻,有这可信赖的帮手。亨德里克与我目光相接。我们在彼此的眼睛里看出了同样的意思。我笑了笑,他也笑了笑,这突如其来的、毫不含糊的笑容显露出他带污渍的牙齿和粉红的牙龈。

| 153 | 亨德里克向我解释怎样把整个窗框从墙上取出来。他首先向我展示了怎样铲掉灰泥,露出将窗框固定在墙上的螺栓。他向我示意怎样用钢锯把螺栓锯断。他锯断了那四根螺栓,我们脚边落了一堆灰尘和铁屑。他用力拔出窗框,窗扇还都连在那上面,他把它搁到一边。他向我解释砌第一层砖之前如何平整窗台。他砌了十八层砖头,并在外面抹上了灰浆。我帮他洗泥铲和灰浆桶。我用醋把嵌入他指甲缝里的石灰擦洗干净。整个夜晚和整个白天,我们都在等着灰浆干透。安娜给我们端来咖啡。我们把新抹上灰浆的地方刷白。我们把窗框烧掉。窗玻璃在火焰中噼

噼啪啪地炸开来。我们用脚后跟把碎玻璃踩成碎碴。

| 154 | 亨德里克和我爬上楼梯进了阁楼。天气闷热,他告诉我怎样用焦油刷地板,把木地板的接缝处填平。他刷地板时我照管着焦油桶底下的火。最后,我们手膝并用倒着爬出了阁楼。

| 155 | 亨德里克卸下门把手,教我用一把钝凿子把堵缝的东西塞进门缝里。他砌了十六层砖头,把门封上。我搅拌灰浆,洗工具,擦洗他的手指甲。我们把旧的墙纸剥掉,在过道里重新糊了一层我在阁楼上找到的墙纸。旧门框凸出来了,但我们没去理会。

| 156 | 亨德里克告诉我怎么用锯子锯开砖头和灰浆。我们用了那把挂在马厩里的粗齿锯。锯齿根本不会钝。我们锯穿了连着卧室与屋子的那堵墙。我们的胳膊变酸了,可我们还是不停地锯。我学着在握紧锯子之前朝手心里啐一口唾沫。劳动把我们联系在一起。劳动不再只是亨德里克分内之事。我与他平起平坐,虽说我还弱一些。克莱恩-安娜爬上梯子给我们送来咖啡、面包和果酱。我们在屋底下爬行,锯穿了地基。我们在黑暗的温暖中一起流汗。我们就像两只白蚁。我们的力量来自于坚定不移。我们锯断屋顶,也锯开地面。我们把卧室推倒。它慢慢升向天际,就像一艘以奇异的角度航行着的船,在星光衬托下显得暗淡无光。它漂浮在黑夜与虚空之中,摇摇晃晃,因为它没有

113

龙骨。我们站在尘土和老鼠屎中,站在没有太阳照耀的地方,注视着它。

| 157 | 我们把尸体弄出来,搬到浴室里,亨德里克搬肩膀,我搬腿。我们把他的睡衣脱下,解开绷带。我们让尸体坐在浴缸里,拎来一桶桶水冲洗。水变脏了,粪便一节一节地漂到水面上。两条胳膊搭在浴缸边上,嘴巴咧着,眼睛瞪着。浸泡了半小时之后,我们清洗血液凝结了的臀部和大腿。我们把下颌缚住,再把眼睛缝上。

| 158 | 在房子后面的小山坡上,亨德里克堆起了树枝,点上了火。我们把睡衣、绷带、被单和床垫都扔进火里。它们整个下午都在闷烧,空气中充斥着纤维和羽毛烧焦的气味。

| 159 | 我把死苍蝇都扫了出来,用沙粒和肥皂水擦洗地板,直到那些血迹变成褐色地板上苍白的红印子。

| 160 | 我们把大床抬到马厩里,我们三人一起动手,把它吊到屋椽上,一次吊一个角,贴着椽梁用绳子拴紧,以备万一哪天还用得上。

| 161 | 我们从阁楼上搬下一只空的衣箱,把死者的遗物搁进去:星期天的礼服、黑靴子、浆过的衬衫、结婚戒指、银版相片、日记、分类账册、一捆扎着红丝带的信件。我大声

念了其中一封信给亨德里克听:"这些天我是多么想你……"我逐字指着念,亨德里克的目光跟随着我的手指。他仔细辨认照片上这一家子,在一大堆兄弟姐妹和同父异母兄弟姐妹中正确地认出了我,那些兄弟姐妹和同父异母兄弟姐妹或是死于各种传染病,或是进城去寻找发财机会了,一去从此再无音讯。这些照片中的我,都紧抿着嘴唇,显得阴沉粗鲁,可亨德里克并不在意这个。我们弄完这些,把所有的字纸收起来,锁上箱子,把它抬到阁楼上,等待重见天日。

| 162 | 我们把绿色窗帘叠好塞进抽屉里,用我们在阁楼上偶然发现的色彩明丽的花布做新窗帘。亨德里克坐在那儿看着我两脚忙乎着踩缝纫机,我灵巧的手指引着缝线。我们把新窗帘挂上,房间变得更阴凉却更明亮。我们对自己的工作露出由衷的笑容。克莱恩-安娜送来了咖啡。

| 163 | 亨德里克和克莱恩-安娜站在那儿等我吩咐。我晃着咖啡杯里的咖啡渣。这将是困难的一天,我告诉他们,这将是等待的一天。这些话勉强地从我嘴里吐出,它们在我嘴里喀啦喀啦响着,像石子一样沉重地滚落下来。亨德里克和克莱恩-安娜耐心地等着。北边聚起了乌云,我告诉他们,也许要下雨了,也许过不了几天,草原上就会冒出新绿,枯萎的树枝就要抽芽了,那些蝗虫,蛰伏了一冬,现在要从泥土里拱出来,忙忙碌碌地寻觅食物,与大群鸟儿做伴。我们要当心,我告诉他们,昆虫将在雨季和草原开花时

节复苏。我提到了虫灾。鸟类是我们的朋友,我告诉他们,鸟类和黄蜂都大有助益,因为黄蜂也是捕食者。亨德里克听着我说话,帽子拿在手上,没有看我的眼睛,只盯着我的嘴唇,我每发一个音,都必须用力把嘴型做到位。我的嘴皮子累了,我向他解释,它们想歇一歇了,从它们来到世上就一直在发音,已经厌倦了这些,自从它们了解了某种规则,不能只是简单地分开,发出"啊啊啊啊"的长音(其实说真的,对它们来说这就够了,足够表达想要表达的任何意思),也不能在漫长的、令人满意的沉默中抿紧自己,干脆缄口不言(我答应它们,我会陷入这种沉默)。遵从那语言规则已经把我折腾坏了,我想说的是,那规则在我身上不仅体现在词与词之间的空格和停顿,还体现在引发语音冲突的发音之中:b 和 d 较上劲儿了,m 和 n 在互相掣肘,等等,还有其他一些场合,即使我觉得你们能理解,也会因为我实在太疲惫了,无法向你们一一陈述,但我不能肯定你们能否理解,因为你们甚至连字母表都不懂。那规则卡住了我的喉咙,不管我说还是不说,它都在干扰我的喉部,一只手拨弄着舌头,另一只手操纵着嘴唇。听好了,我怎么能说规则的眼睛没有在我眼睛后面监视着,怎么能说规则的意识没有控制着我的脑壳,仅留出还能管用的脑筋道出这些令人生疑的言辞(倘若说出这些话的人真是我),还看破了它们的谬处?我怎么能说那些规则没有根深蒂固地扎在我的躯壳里,怎么能说它的手脚不是根植于我的手脚,怎么能说它的性器官不是在我的洞洞里耷拉着呢?或者说,当我有机会说出这句话时,怎么能说那规则的唇和齿不会从这具躯壳中咬啮而出,直到它站在你们面前,那规则再次得意扬扬地咧嘴大笑,它柔软的肌肤在空气中变硬,而我就像蜕下的皱巴巴的皮囊,被扔到了地上?

| 164 | 昏暗的过道里,我们就在那扇门前,在我的记忆中,那门一直都锁着。你把什么东西锁在这房间里?我曾这样问过父亲。那里面什么都没有,他这样回答,那是堆放杂物的房间,没什么东西,只是一些破家具,再说,钥匙也找不到了。现在,我要亨德里克打开这道门。他用凿子把锁孔撬松了,然后用四磅的锤子砸门,砸得门框开裂,门弹开了。地板上扬起一阵细细的尘雾。一股陈腐的砖块气息飘散开来。克莱恩-安娜拿来一盏油灯。在远处的一个角落里,我们看见十二把藤椅整整齐齐叠放着。我们看见一只大衣橱,一张窄床,一个带有水罐和面盆的盥洗架。床铺得整整齐齐。我拍了拍,灰色的枕头和被单上扬起了灰尘。到处都结着蜘蛛网。他们造了一间没窗子的屋子,我对亨德里克说。

| 165 | 大衣橱上了锁。亨德里克拿刀子撬开锁头。里面挂满了衣服,那是我会喜欢穿的旧时贵族风格的服装,我拎出一条裙子,白色的,长袖高领,我拿着它在克莱恩-安娜身上比试着。她把油灯搁在地板上,往身上捋平裙子。我帮她脱下衣服。我把她脱下的旧衣服在床上叠好。她垂下眼帘。灯光映出她古铜色的侧腰和乳房,我发现自己又一次无法形容这一幕。我把裙子往她头上套下去,在她背

后扣上纽扣,这时我的心跳加快了。她没穿内衣。

| 166 | 虽然鞋子对她来说都太紧了,克莱恩-安娜还是执意要了一双。我套上一双鞋,没有扣上鞋襻。她摇摇晃晃地站起来,跌跌撞撞地走。她领着我们走出这个惊喜之屋,来到游廊上。太阳正在落下去,天空中彩云飞扬,橘色、红色和紫色的霞光争奇斗艳。克莱恩-安娜在游廊上来来回回、高视阔步地走,想把新鞋走顺。如果我们能把晚霞当饭吃就好了,我敢说,我们都能吃饱。我和亨德里克并排站在一起,四下观望。亨德里克抛开了他原来的拘谨。他的胳膊轻轻擦过我的腰侧。我没有躲闪。我自然而然想要对他悄声说几句有关安娜的亲切、动情、有趣的话,这样我就得转身朝向他,而他得俯下身子对着我,就在这短短的一瞬,我会发现自己置身于他私人空间的一团空气里。当他像现在这样站着不动时,这处私人空间充满了他自己的呼吸和他身上的气息,我一开口说我要说的话,就会发现自己吸入了一次,两次,这亨德里克特有的空气,我第一次发现自己的鼻孔能够接纳这气息,嗅出这麝香的气味、这汗水的气味、这曾使我讨厌的烟草味儿。这气息,毕竟来自那些在乡野辛苦劳作,在烈日下流汗水,用火烹制自己种植或猎来的食物的人们。也许,我告诉自己,如果我改变一下自己的话,我身上也会有这样的气息。我为自己身上寡淡的气息而脸红,这是一个闲置的女人的气息,带着歇斯底里的刺鼻味儿,像洋葱,像尿臊。他怎么会愿意把鼻子伸到我的胳肢窝下,就像我愿意把鼻子往他那儿伸呢!

| 167 | 克莱恩-安娜走到尽头,转过身朝我们笑笑。我没看出丝毫嫉妒之意。她知道自己把亨德里克紧紧地攥在手里。他们是同床共眠的丈夫和妻子。他们有婚姻的秘密。在温暖的黑暗中,他们躺在彼此的怀抱里,谈论着我。亨德里克会说起一些逗乐的事儿,安娜则会咯咯地笑个不停。他会跟她扯到我孤独的生活,我独自漫步,还有那些我以为没人看见时做的事情,我怎样自言自语,我两条胳膊怎样古怪地抽搐。他滑稽地模仿我怒火中烧时口齿不清的话。然后,他会跟她说起我很怕他,告诉她我为了让他离远点,朝他说的那些难听话,可他却能嗅出我身上飘来害怕的气息。他告诉她我在床上自慰的事儿。他告诉她我夜里怎样在屋子里走来走去。他告诉她我梦见的事。他告诉她我需要的是什么。他告诉她我需要一个男人,我需要让人压住,让人变成一个女人。我是一个孩子,他告诉她,虽说我年纪不小了,我是一个老小孩,一个灌满了发馊的浆汁的、不祥的老小孩。应该让什么人来把我变成一个女人,他告诉她,应该有什么人在我身上开个洞,来把老浆汁放出去。该由我来做这事儿吗?他问她,哪天夜里从窗子爬进去躺到她身边,把她变成女人,然后天亮前溜走?你觉得她愿意我这么做吗?她会装作是在做梦,就顺水推舟做下去吗?还是得使点蛮力才行?我能有办法在那两个骨瘦如柴的膝盖之间劈开一条路吗?她会昏了头尖叫起来吗?我得把她的嘴巴捂上吗?她该不会弄到最后也又紧又干没有一点意思,就像皮革似的吧?我该不会强行插进那个积灰的洞洞

里,却被骨头做的钳子夹成了肉酱吧?或许说到底,她可能还挺娇嫩,就像女人似的娇嫩,像你这儿一样娇嫩?安娜在黑暗中喘着大气,黏着她的男人。

| 168 | 克莱恩-安娜走到游廊那一头,转过身朝我们笑笑。她毫无挂虑,她知道所有我渴望已久的心思,她才不在意。我想跟她挽着胳膊,穿上我最鲜亮的衣服,星期六晚上一起去散步,像一个女孩子那样说着悄悄话,咯咯地嬉笑,向那些乡村情郎显摆我自己。在一个安静的角落里,我想让她告诉我生活中的大秘密,怎样变得美丽,怎样赢得一个丈夫,怎样取悦男人。我想成为她的小姐妹,我生活的起步已经迟了,以往的岁月就像是睡了一觉,我仍然还只是一个无知的孩子。我想跟她同床睡觉,当她半夜里踮着脚尖进来时睁开一只眼睛偷看她脱衣服,整夜搂着她的背睡觉。

| 169 | "今晚我一个人睡不着,"我对他们说,"你俩今晚得睡在这屋子里。"

这话毫无准备地冲口而出。我自感欣喜。别人必定是这么说话的,发自人家内心。

"快答应呀,这儿又没什么好怕的,我保证这儿没有鬼。"

他俩面面相觑,掂量着我这话里的意思,薄暮之中我没法看清他们彼此眼神里传递着什么信息。亨德里克从我身边离去,我脱离了他那团温暖的空气。他招架不住了吗?

"不,小姐,"他嗫嚅道,"我觉得我们最好还是现在就回家。"

他一软下去,我就强硬起来。

"不行——我要你们睡在这儿。就一个晚上。不然,这房子里就剩下我一个人了。我们可以在厨房里摆上垫子铺成床,那会挺舒服的。来吧,安娜,来帮我一下。"

| 170 | 亨德里克和安娜站在他们的床边等我回卧室。

"记住睡觉前把灯吹灭,"我说,"还有,安娜,拜托你留心看一下,让火一直留到明天早上。晚安,亨德里克,晚安,安娜。"我整个人无比轻快。

"晚安,小姐。"

| 171 | 等他们睡安稳了,我折回来站在关紧的门外听着动静。我光着脚:万一让那些暗中爬行的蝎子想咬我,就让它们咬吧。我什么都没听见,没有翻身动弹,没有悄悄私语。如果说我屏着呼吸,那么他们也在那儿屏息敛气。我怎么能指望骗过他们?这些乡下人凭着脚掌和指尖就能辨出一英里开外的脚步声。

| 172 | 我躺在床上等着。时钟嘀嗒嘀嗒地走着,时间在流逝,没有人进来。我睡着了,没有做梦。太阳升起了。我醒来穿好衣服。厨房里没有人。床单叠好了,炉火点上了。

| 173 | 我在尘土飞扬的路上疾步穿行,走过三棵相思树,穿过田地的一角,走向墓园。一道低矮的白漆栏杆把墓

园分成两半,那一半被世代耕作这片土地的家族占了,现在他们长眠在镌有文字的石板和卷轴下方的页岩中。这另一半就显得比较拥挤,密密麻麻地排列着牧羊人、女仆和他们子女的坟头。我在那些墓碑间穿行,直至找到一处我做过记号的墓地,对于这处墓地主人的生平,我一无所知,对于这个墓主,我丝毫不觉得有所歉疚。风刻日蚀的花岗岩石碑旁就是墓道入口,与地面有个角度。这死者棺床上有一只豪猪,也许至今已过去好几代了,它在里面挖出一个洞当作它的家,在里面睡觉,生儿育女。

| 174 | 在农舍的阴凉里,亨德里克和他年轻的妻子坐在长凳上。今天是星期天。

"亨德里克,拿上鹤嘴锄和铁锹跟我到墓园去,拜托。安娜,你最好还是留在这儿。"

| 175 | 亨德里克自己没法搬动墓碑。这是四个人的活儿,他说。他把墓碑埋在地里的三条棱周围的泥土凿开,但石头还是纹丝不动。

"把石碑的这一边挖松。把洞口弄宽些,宽度要达到石碑的长度。"

"小姐,这是豪猪的洞,里面什么也没有。"

"照我说的做,亨德里克。"

亨德里克奋力干活时我在旁边围着他转悠。这墓穴尽是碎石和泥土,地层已开裂,不难挖开,挨着一片苜蓿地,由此可以解释豪猪为什么选择在这里做窝。

亨德里克一挖宽了入口通道,我们就看见里头另一边的洞穴了,像我预料的那样,这洞穴是一个相当大的拱形墓室。虽然我趴在地面上,遮着眼睛,可光线还是太亮,我看不见里面的后墙。

"这个洞有多深,亨德里克?铁锹伸过去看看。我不想碰到棺材。"

"用不着,小姐,这洞挺大的,就是不够深,豪猪不会挖得很深,它们会挖这么大一个窝,就这么一个。"

"能不能搁进一个人去,亨德里克——这地洞能不能搁下一个人?"

"是的,小姐,塞进一个人还挺宽松的。"

"去试试,让我瞧瞧怎么把一个人搁进去。"

"我?不了,小姐,我还不到进坟墓的时候哪!"他大笑着站在那儿不挪步,把帽子歪戴到头上。

我把裙子束在膝盖上,往下踩着步子进了洞里。我倒退进黑暗之中。亨德里克倚着铁锹在那儿瞅着。

我整个身子都进去了。我试着展开身子却伸不直腿。

我在阴凉的地底下蜷起身子,从亮处背过身子。头发里全是脏东西。我闭上眼睛细细地体味黑暗。我从心里细察一番,发现没有理由离去。我不妨把这儿当作自己的第二个家。我可以让亨德里克给我送食物。我不会需要太多。晚上,我可以爬出来,把腿伸直。也许到时候我甚至会学着向月亮嗥叫,在沉睡的农庄四周逛来逛去,寻找残羹剩饭。我发现没有理由让我再睁开眼睛。

"好了。"我对亨德里克说,我声音粗重,说话时脑子里发出隆隆的回声,"够大的了。帮我出来。"他弯下身子,瞅着他女主人的嘴巴在洞口背光处翕动。

| 177 | 尸体躺在浴室地板上,已经被缝进了灰色帆布里。我听说水手们为了保证万无一失,会把最后一针穿过鼻子,但我不能让自己这么做。我没有为自己这差事而流泪。并非我心肠太硬。总得有人来洗尸体,总得有人来挖墓穴。

| 178 | 我出现在游廊上,以不容分说的强硬口气喊道:"亨德里克!"

亨德里克从阴凉里起身,穿过院子走来。

"亨德里克,去把手推车推来,停在厨房门口。"

"是,小姐。"

当他来到后门时,我已在那儿等他。

"帮我来搬尸体。"

他疑惑地看着我。这一刻他犹豫不定了。我对此有所准备。

"亨德里克,我跟你照实说吧。我们不能再等下去了。天气太热,老板必须得埋掉。只有你和我能对付这事儿。我自己一个人做不来,我不想让陌生人插手。这是家庭事务,是私人的事儿。你明白我的话了?"

"那官员们问起来怎么办?"他咕哝道,他也说不上来会怎么样,他不会造成什么麻烦。

"快点,亨德里克,我们没有时间可耽搁了。帮我来搬吧。"

我转过身,他跟了过来。

| 179 | 我们抬起裹尸袋,他扛着头,我扛着脚,我们穿过屋宅走到阳光里。没有人看见我们。从来没人看到我们这儿发生的事情。我们置身于法律之外,因而生活中唯一的法律就是我们自己认可的法律,出自我们自己的心声。我父亲被搁到手推车上,最后一次巡视自己的领地。我们一路磕磕绊绊地往墓园走去,亨德里克推着车,我扶住裹住的腿脚,不让它们往车斗边上滑。

| 180 | 亨德里克不肯沾手埋死人的活儿,"不,小姐。"他一遍遍地说着,朝后退去,摇晃着脑袋。

我连推带拽地把车子停在洞口。只要有工夫,我可以对付男人做的任何事儿。我把尸体的脚踝夹在胳膊下,努力把裹尸袋往下拽。手推车侧翻在路边,我向后一跳,尸体脸朝下滑到地上。"别光站在那儿,来帮我一下!"我大声嚷嚷道,"你这该死的白痴。这都是你们惹出来的祸,你和你那娼妇!"我气得晕头转向。他转过身,把头上的帽子往下压了压,便走开去。"垃圾!胆小鬼!"我冲着他身后尖吼。我朝他扔了一块石头,动作笨拙,十足的女人样子。离他远着呢。他根本没注意。

| 181 | 尸体臀部太宽,进不了洞口,没法侧着推进去,帆

布袋里弯曲的膝盖也没法弄直。我要么把洞口再挖宽一些,要么把裹尸袋打开。我不想破坏了漂亮的手工活儿,可手边既无刀子也没有铁锹。我只好找了一块石头来挖地,那几乎没用。我本该拿绳子把帆布包扎紧,现在我没法攥住它,因为连拉带拽的,我的手指给弄得酸痛不堪。

| 182 | 当我拿着铁锹回来时,这里已聚起一堆苍蝇了,像是从灰色布袋上升起一片乌云,在空中嗡嗡作响,急不可耐地等我离去。我挥动手臂驱赶它们。这已是下午向晚时分了。如此忙碌一番,时间过得真快啊。这把铁锹形状不对,它是用来铲东西的,这当儿我需要的却是能往地里挖的家伙。我用锹面的侧边往地上硬劈,不时地劈到墓碑上打出了火星,自己身上也溅满了土,可最终洞口还是让我拓宽了一两英寸。

再试一次,往里塞到臀部又卡住了。我跪在地上使出全身力气往里面推。我坐在洞口,脚后跟一起用力往下蹬。它稍稍转了转,臀部滑过去了。我抬起躯干,转着角度往里推,一直推到肩膀放平。现在肩膀和头部能塞进去了,但里面的脚和膝盖却不肯再往前挪动了,因为洞里地面先降再升。我看出来了,问题不在膝盖,只能怪背脊,因为脊椎不能弯曲。我在灿烂的夕阳下奋力折腾,使劲地踹着肩膀,先是右边,再是左边,但毫无成效。我只能再把它整个儿拖上来,割开帆布袋,把脚踝绑在大腿上,这样身子就短了一大截。但问题是膝盖还能弄弯吗?我是否得把膝盖的肌腱切断?根本就不该掩埋尸体,我本该把它和床垫还有床全烧

了,去草原上散步,走很长一段路,避开焚烧的味道。我本该在河床上挖一个新坟,或者就在园子里挖一个,那儿土质还松软些。我本该马马虎虎挖一个洞穴,他躺在什么地方又有什么分别?如果我想把他安置在墓园里,那就没别的法子,只能把他塞进去,我先爬进去,然后拖着他进去。我实在累坏了。我看,天黑前我干不完这事儿。我的生命中尚有足够多的时间,比足够多还要多的时间,太多的时间。我在我们时代稀薄地渴望着生命的气息。匆忙行事与我无缘,我厌恶从自己汗水之中嗅出的惊慌意味。我既不是神也不是野兽,为什么我必须样样事情都得亲自动手,一直忙乎到最后一件事,为什么我得过着这样没有帮手的生活?我发现自己没法割破这裹尸布,没法再次面对这个发黑发暗的、干酪状的我父亲的肌体。可是,如果我现在不埋了它,过后我还会再次面对这事儿吗?也许我就应该上床睡觉,把这些日子挨过去,把枕头压在我的脑袋上,对着自己唱歌,而这袋子就躺在太阳底下,苍蝇嗡嗡地围着它打转,蚂蚁爬进爬出,直到袋子鼓起来,胀破了,淌出黑黑的流质;然后,等到所有受难结束,只剩下白骨和头发,蚂蚁把一切值得搬走的东西都搬走,到别处去了;那时候,如果针脚还没裂开,我就从床上起来,提上它扔进那个豪猪洞里,由它去了。

| 183 | 那长布袋子又被拖了出来,像一条巨大的灰色幼虫躺在坟墓边,而我,它不知疲倦的母亲,受着本能驱使,又一次着手把它寄放在一个我所选定的安全之处,尽管我不

知道它为什么冬眠,窖存了何种食物,会蜕变成什么模样,除非变成一只巨大的灰色蛾子,吱吱尖叫着穿过薄暮,扑向亮着灯的农庄大宅,撞进四下逃散的蝙蝠群中,挥动翅膀破空而去,它双肩之间的毛丛里,死者的头颅燃起明亮的光焰,它的大颚(如果蛾子也有大颚的话),为猎物而大张着。我先把脑袋塞进洞里,但还是不行,因为脊椎没法弯曲,大腿过不去。那个猎狗逻辑①可把我给折腾垮了。

| 184 | 天暗下来了,鸟儿们正落下来休息。如果我在这儿静静地待一会儿,就会听见亨德里克提着牛奶桶当啷当啷的声音,听见母牛朝他叫唤的声音。他妻子在炉边等着他。在这广袤的世界里,只有两个生灵无处安置他们的脑袋。

| 185 | 我先钻进黑暗的洞里。第一批星星出来了。我抓住袋子的脚部,稳住自己的身子,使劲一拽。尸体轻松地滑了进来,滑到了大腿的位置。我把两只脚抬离地面又使劲地拖。这下连肩膀也滑进来了。洞口完全给塞住了,我浸没在一片漆黑之中。我把尸体的双脚抬到自己的膝盖上,抱住袋子里的肩膀,第三次发力拖拽。嘭的一声脑袋也进来了。星星重新出现,这下算是大功告成。我从尸身上爬过去,钻出洞穴,回到自由的空气之中。真遗憾,除了南

---

① 西谚:你不能既和野兔一起赛跑又当猎狗来追野兔。意谓没有两全之策。

十字星,我没有学过更多的星星的名字。我得歇息了,今晚我没法把洞口填上,亨德里克明天早上得来做这事。他得推着手推车从河床上运来沙子,把这地面给重新铺整得像样些。我做完我的事了。我拖着累得打战的身子走回家去。

| 186 |　突然间就到了早上。我似乎有能力跳过整个白天或是夜晚,好像白天黑夜压根儿没来过似的。在空荡荡的厨房里,我伸着懒腰打着呵欠。

亨德里克出现在门口。我们彼此道过礼貌的问候。

"小姐,我得来问一下——我们还没拿到工钱呢。"

"没付给你们吗?"

"没有,小姐,还没有付过。"他朝我粲然一笑,好像突然间他从我们的谈话中发现了什么极大的乐事。他高兴什么呀?他觉得我该回报这份友善吗?"是这么回事,小姐,"他凑近些,想要解释,他没看见我在退缩,"到星期五就是下个月了。按说我们星期一就该拿到工钱,农庄里所有的人都是这样。但老板没有付给我们。所以我们还在等着,小姐。"

"难道老板什么都没给过你们吗?"

"没有,小姐,什么都没有。他一点钱都没给过。"

"好的,我知道了,可说起来还不光是钱的事儿吧。老板不是给过你白兰地吗?还有克莱恩-安娜那头呢?他给她的那些礼物呢?那些东西都要钱买的,是不是?老板给了你们这些东西,可你还是来要钱了。噢,没有!——像你们这样的人我是不会给钱的。"

讨厌,尽是一些讨厌事儿!我怎么知道钱的事情?我这辈子还没摸过比一枚六便士硬币更多的钱呢。我到哪儿去找钱?我父亲把钱搁哪儿了?是塞在他床垫的窟窿里,让血浸透了,这会儿都烧成灰了吗?是埋在地板下的烟草罐子里?是在邮局里保管着?我怎么能得到那些钱呢?他立过遗嘱吗?他把钱留给了我,还是留给了我从来没听说过的什么兄弟姐妹或是堂兄弟姐妹?我怎么才能弄清呢?但我真的想要他的钱吗?当我能靠煮南瓜幸福地生活一辈子时,我要钱干吗?如果说我是心思太简单而不需要钱,那么亨德里克怎么会需要钱呢?为什么他总是让我失望?

"我们干了活了,小姐。"一丝笑容都没了,他生气地僵着脸,"现在我们必须拿到自己的钱。老板一直都给我们开薪,一直都这样。"

"别站在这儿跟我打嘴仗!"我也找到动气的来由了,"你们两个都干了什么活了?你那个安娜都干了什么活了?昨天下午我一个人把老板埋掉时你干了什么活了?别来跟我说活儿的事——我才是这儿什么活儿都干的人!走开!我不会给你钱的!"

"好啊:如果小姐说我们得走开,那么我看我们就走好了!"

他就在光天化日之下威胁我。他必定是来试探我的,堆着笑脸,想看看从我这能榨出些什么,因为他想来我现在只是孤身一人,又毫无头绪,必定是软弱又怯懦。现在他来威胁我了,他以为我会惶恐无措。

"你给我仔细听好了,亨德里克,别弄错了我的意思。我不会给你钱的,因为我没钱。如果你要离开,你就走好了。但如果你能等一阵子,我保证把钱付给你,你应得的每一个便士都会付给你。现在你自己拿主意吧。"

"不,小姐,我明白了。如果小姐说我们得留下,那我们就留下,如果小姐保证我们能拿到钱的话。那么,我们待下去也该拿走我们该得的羊吧。"

"可以,拿走你们的羊。可是别宰杀那些留给家里的羊,除非我吩咐你这么做。"

"是,小姐。"

| 187 | 地板擦得闪闪发亮,自从把地板交给仆佣打理后还从来没这么光亮过。门把手也锃亮,窗子简直晃眼,家具也光彩熠熠。射入屋宅的每一道光线不停地从一个明亮的表面反射到另一个。每一样亚麻制品都经我的手浆洗过,晾晒过,熨烫过,折叠过,然后收拾起来了。我的膝盖在浴缸边跪得发痛,我的手在搓衣板上搓得发糙。我的背脊发痛,我一起身头就发晕。空气中洋溢着蜂蜡和亚麻籽油的味道。那些陈年尘垢,大衣橱顶上的,床垫弹簧缝里的,统统扫出了门外。阁楼变得干净敞亮。箱子排得整整齐齐,里面塞满了我再也用不上的东西,搭扣和锁头熠熠闪亮。我的屋子井然有序,一尘不染,这都是我自己干的。接下来要打理农庄的活儿。这些天来,如果那些羊没给闷死的话,就该剪毛了。如果亨德里克不肯动手,我就自己来做,我的精力真是用之不竭;我会戴上遮阳帽,拿上羊毛剪子走出

门,抓住羊的后腿,把它夹在我两腿之间,一只一只地给它们剪毛,一天一天地干下去,直到剪完所有的羊——那些羊毛就让风儿吹走,那对我有什么用呢?或者,我该留下一些来塞床垫,晚上我就能躺在羊毛床垫上,全身处于油腻腻的温暖之中。但我也可能逮不住羊(我没有牧羊犬,我一召唤狗,它们总是又狂吠又退缩,它们不喜欢我,因为我这气味),那就什么也干不成,羊群注定就毁了,它们只得像一个个脏兮兮的褐色粉扑,躺在草原上喘着气儿,直到它们的造物者于心不忍,把它们带走。至于那些风车房,那些风车房仍将日夜不停地泵送水流,它们是忠诚可靠的,没有什么想法,也不介意炎热。坝里的水满溢出来。亨德里克仍在浇灌园子,我在傍晚见到他。当他停下时——觉得乏味了,心里快快不快——我会接手他这活儿。我需要果树和菜园。至于别的,黑麦就让它枯死吧,紫花苜蓿就让它打蔫吧。奶牛渴得要命,就让它渴死吧。

| 188 | 我和他们之间隔着一条干涸的河流。他们不再来这屋宅了,没必要过来。我没有付过他们钱。亨德里克仍在给衰弱的奶牛挤奶,仍在给园子浇水。安娜待在家里。有时候,我从游廊或是从窗子里瞥见她的红披肩在河边来回闪动。星期五晚上,亨德里克来这边的储藏室取自己的补给,咖啡、糖、粗粉和豆子。我看着他穿过院子,进来又出去。

| 189 | 家禽都变野了,跑到树上栖息。它们一只接一只

也让野猫咬死了。昨天晚上丢了一窝鸡。饲料快吃光了。我没找到一点儿钱。如果钱存放在邮局里,那我就把它弄丢了。可没准真的是烧光了。或者,也许根本就没有什么钱。也许真的没钱了,除非我剪羊毛去卖。这样说来就等于不会有钱了。

| 190 | 没法活下去了。

| 191 | 睡不着,午睡时分我在屋宅里四处晃悠。我轻抚从那间上锁的房间里找出的奇怪衣服。我瞧着镜中的自己,努力微笑。这面镜子里的脸庞带着憔悴的微笑。什么都没改变。我还是不喜欢自己。安娜能穿那些衣服,我却不能。黑衣服穿久了,我都成一个黑人了。

| 192 | 亨德里克每星期宰杀一只羊。这是他索取工钱的方式。

| 193 | 我早上起来,物色要清洁的东西。但屋里的器具没那么快变脏。它们用得太少了,我得等灰尘慢慢积攒,而灰尘自会慢慢落下来。我懊恼不已;屋里还是那么窗明几净。

| 194 | 亨德里克站在前门,他妻子站在他身后。

"小姐,咖啡没了,面粉没了,差不多所有的东西都没了。"

133

"是的,我知道都没了。"

"可是小姐还欠着我们工钱。"

"我没有钱。你们也不再干活了,我干吗还要给你们钱?"

"是的,可是小姐还欠我们钱呢,是不是?"

"你来要也没有用,亨德里克,我告诉你了我没有钱。"

"是的,那么小姐可以给我们别的东西。"

| 195 | 我不能再继续这种白痴般的对话。我和这些人之间的语言被我父亲给颠覆了,不可能再恢复了。现在我们之间交流的语言是一种拙劣的模仿。我出生在一种等级森严、隔阂深厚、极度理性的语言中。这是我的父语。我不能说这是我的内心想要说的语言,我为这疏离而感到悲悯,但我们没有别的选择。我相信存在一种情人间的说话方式,但想象不出怎么说。我没有言辞可以交换我所信奉的价值观。亨德里克一副躲躲闪闪的样子,诡谲地咧嘴嬉笑,说的还是惯常的那一套话。"小姐,小姐,小姐!"他凑到我跟前说,"我知道你,你是你父亲的女儿。"他用手遮着脸说,"你是我老婆的半个姐妹,你父亲跑到我床上来了,我知道这种男人,他的污渍还留在我床上哩。""你,你,你。"克莱恩-安娜唱歌似的在他身后嚷嚷,我看不见她。

| 196 | 亨德里克出现在我面前,穿着我父亲的衣服,高高地站在阁楼门外的平台上。真是太怪异了!瞧他那姿态,他两手搭着臀部,敞着怀。

"Aitsá①!"克莱恩-安娜向他喊道。

"马上把那些衣服脱下来。"我受不了这个,他对我做得太过分了,"我说你可以拿走老板的一些旧衣服,但这些衣服不是给你的!"

他朝下斜眼看着他妻子,没理会我。

"亨德里克!"我喊道。

"嗨!"亨德里克应道,伸开胳膊,踮着脚尖在平台上转着圈儿。"Aitsá!"他妻子又叫喊上了,融入纵情欢笑之中。

他拿了一件白色无领棉布衬衫,一件最好的缎子做的背心,一条斜纹布裤子,甚至还有上好的黑靴子。还有好多衬衫搭在栏杆上。

我怎么对抗他们两个?我只是孤身一人,而且还是个女人!我艰难地爬上木头楼梯。这是我的劫数,我只能经受这番磨难。

笑声停止了。我眼睛正对着他的靴子。

"小姐!"从他这声音里,我终于听出了仇恨的意味吗?"小姐,来啊,告诉老亨德里克:小姐是要他把老板的衣服脱下来吗?"

"我说了你可以拿走那些旧衣服,亨德里克,但这些衣服不是给你的。"当我的嗓音想要哀号、呻吟的时候,我还要说出多少这样粗鲁的话呢?

"小姐要我把这些衣服脱下来吗?"

---

① Aitsá 是南非一种本地土语中的惊叹词,没有实际意义,只在于引起别人注意。现在大部分说南非语的人已不用这种词汇了。

135

我无路可走了。我就要哭出来了。在他们放过我,让我自己待着之前,还要折磨我多久啊?

亨德里克开始解裤子的扣子。我闭上眼睛低下头。我得小心点,要是倒着身子下楼梯,我肯定会滑下去摔倒的。

"嗨,看啊,看啊,我们的小姐,看啊!"在他的声音里,我肯定听出了仇恨。热泪滚下我的脸颊,虽然我紧闭着眼睛。这是对我的惩罚,这惩罚已经来了,现在我该承受了。"快看啊,别害怕,我们的小姐,只不过是个男人嘛!"

就这样我们僵持了好长时间。

"快别这样了,你伤害她了。"下边传来克莱恩-安娜温柔的声音,这下救了我。我睁开眼睛,看见她好奇地直视我的面孔。她是个女人,所以心肠软。这是一条普适的真理吗?我一次迈一步,试探着往后退,走下楼梯,从她身边慢腾腾地挪过,进了屋子。他们把我当作敌人,这是为什么?就因为我没有给他们工钱?

| 197 | 他们穿着我父母的漂亮衣服在院子里闲逛,却没法在人前显摆。这一段百无聊赖的日子让他们心生厌倦,对我来说也一样。我们都快要崩溃了。因为彼此都已厌倦,他们把刺激我当作消遣。我抓起那把搁在雨伞架原处的来复枪。亨德里克的背影出现在准星上方的视野里。此刻,亨德里克是什么样儿,一个嘴里叼着草茎闷得发慌的男人,还是一片绿色上的一块白色?谁知道呢?枪瞄准了目标,我扣动了扳机。我差点让它炸晕了、震聋了,但我此前有过这种经历了,枪声在我耳边嗡嗡作响,我是一个老手。

安娜像个孩子似的奔跑着,朝天挥舞着双手,却让厚厚的白色连衣裙绊倒了。亨德里克匍匐着跟在她身后爬动。我回到自己黑暗的房间里等着外面平静下来。

| 198 |　我手里拿着枪,出现在空空荡荡的游廊上。我举枪瞄准那个穿白衬衫的身影。枪管抖得很厉害,没有可倚托的地方。安娜尖叫着指着我。他们惊跳起来,像野兔似的蹿过院子朝菜园跑去。我的枪跟不上他们。我不算坏,我甚至不算是害人的主儿。我闭上眼睛扣动扳机。我差点让它炸晕了、震聋了,枪声在耳边嗡嗡作响。亨德里克和克莱恩-安娜消失在那排无花果树后面。我把枪搁回原处。

| 199 |　他们穿着死人的华丽服饰坐在丁香树树荫下的旧长椅上。亨德里克跷着二郎腿,胳膊伸开去,搭在身后的椅背上。克莱恩-安娜依偎着他的肩膀。

　　他看见我从窗子里朝他们观望。他站起身向我这边走来:"小姐,也许你可以给我一点儿烟草?"

| 200 |　我躺在床上,枕头压在眼睛上。房门关着,但我知道亨德里克在屋宅各处翻找抽屉里的东西。就算是一只苍蝇在这房子里舔脚,我也会知道。

　　房门打开了。我翻身向着墙壁。他站在我的床边。

　　"瞧,小姐,我找到了一些烟草。"

　　那是我最后一次吸入烟斗的甜蜜气息。谁还会再把它带进我的屋子里呢?

他重重地坐在我的床边。我的鼻孔里一下涌入了他的气味。他一只手放在我的臀部上,我冲着空荡荡的墙壁尖叫起来,身子绷得紧紧的,把我内心深处的恐惧都吼了出来。这只手离开了我,那股气味消失了,但叫声依然回响着。

| 201 |　亨德里克和克莱恩-安娜坐在丁香树树荫下的旧长椅上。亨德里克跷着二郎腿,烟斗里喷着烟雾。安娜依偎着他的肩膀。我从窗子里眺望他们。他们毫发未损。

| 202 |　我挥动一个白信封招呼亨德里克:"拿着这封信到邮局去。交给邮局的头儿。他会给你钱的。如果你明天早上早点动身,星期二晚上就能回来了。"

"是,小姐——到邮局去。"

"如果他们问起,就说我叫你去的。说老板病了不能来。记住:老板病了——别多说什么。"

"不会的,小姐。老板病了。"

"好了。告诉安娜,她要是害怕的话,明天晚上可以睡到厨房里来。"

"是,小姐。"

"把这信好好收起来,丢了你就拿不到钱了。"

"放心,小姐,我会搁好的。"

| 203 |　安娜动手给自己铺床。我没有离开厨房,坐在桌子对面看着她。她的动作变得有些不自在。此刻丈夫不

在,她就完全没有了那股底气。

"你喜欢睡在厨房里,安娜?"

"是的,小姐。"她脸转开去,悄声说道。她不知道怎么摆放自己的两只手。

"难道你不想睡在一张真正的床上吗?"

她有些迷糊。

"难道你不想睡在客房的床上吗?"

"不,小姐。"

"怎么!你宁愿睡在这儿的地板上?"

"是的,小姐,睡在地板上。"

她好长一阵默不作声。我把茶壶灌满。

"睡吧。我来沏杯茶。"

她盖好被子,转过身子背着灯光。

"告诉我,难道你不脱衣服的吗?安娜?难道你睡觉也不脱衣服?你睡觉时也围着披肩?"

她脱下披肩。

"告诉我,你跟你丈夫一起也是穿着衣服睡觉吗?那我可不相信。"我搬了一把椅子到床边,"你和你丈夫过得快活吗,安娜?说吧,别害羞,没人听得见咱俩说话。来吧,告诉我,你过得快活吗?结婚是件好事?"她苦恼地抽着鼻子,陷身于这样一间黑屋子,身边是一个巫婆样的女人。这将不是一次对话,感谢上帝,我可以展翅飞向我想去的地方。"我也想要个男人,但这是不可能的,我从来没有好好地取悦过一个人,我从来都不漂亮。"我从靠背陡直的厨房椅子上向她伸长脖子,虚张声势地戏弄她;在我的声音里,

139

她只是听见愤怒的波涛哗哗地涌来,她悲伤地抽泣着。"可这还不是最糟糕的。保持活力才会不断有快乐,我本来可能会是一个完全不同的人,我本来可以从这个囚笼中烧出一条路来,我分叉的舌尖上烈焰翻滚,你明白吗?但这些最终只是愚蠢地转向了我自己内心,在你听来那种像是发怒的声音只是那把火在我心里噼啪作响,我从来没有真要跟你过不去,我只是想跟你谈谈,我从来没有学会怎么和别人交谈。一直以来都是话语落到我身上,而我把它们传达出来。我从来不知道真正用来交流的话语是怎样的,安娜。我对你说的这些话,你不必回答。这都是一些没有价值的废话。你明白吗?毫无价值。我父亲和你在一起的时候你俩是怎么说话的?你们说到底只是普通的男人和女人吗?来吧,告诉我,我想知道。他跟你说亲热话吗?别哭呀,孩子,我告诉你,我不是要跟你过不去。"我躺在她身边,伸过胳膊搂着她的脖子。她伸长舌头舔着淌到上唇的鼻涕。"来吧,别再哭了。你一定得相信我,我对你跟老板搞到一起的事儿一点都不生气。他在你们相处之中也找到了一点乐趣,这是好事,他的生活实在太孤单了。我相信这对你们两个都有好处,不是吗?我从来就没法让他高兴起来,我从来就是一个呆头呆脑的规矩女儿,我只会让他厌烦。

"告诉我,安娜,如果你们两个在一起,如果他还活着,你觉得我和你有可能成为朋友吗?你是怎么想的呢?我想我们可能会成为朋友。我想我们可能会像是一对亲姐妹或是堂姐妹。

"听着,别动,我去把灯熄灭,然后我就过来,躺在你身边,直到你睡着。"

黑暗中,我颤抖着躺到她身边。

"告诉我,安娜,你怎么称呼我?我的名字叫什么?"我尽可能轻柔地呼吸,"你心里是怎么称呼我的?"

"小姐?"

"这没错,可对你来说我只是小姐吗?我没有自己的名字吗?"

"玛格达小姐?"

"对了,也可以干脆叫我玛格达。毕竟我受洗的名字是玛格达,不是玛格达小姐。如果牧师施洗的孩子都取这样的名字——玛格达小姐,约翰老板,这一类的,那不是听上去挺奇怪吗?"

我听到她扑哧一声笑了出来。我慢慢有戏了。

"或者克莱恩-安娜,小安娜,而不是安娜。我们起初都是小孩子,是不是?我曾经也是小玛格达。但现在我只是玛格达,而你只是安娜。你就不能叫我玛格达吗?快,叫我玛格达。"

"不,小姐,我不能。"

"玛格达,很容易叫的。别怕,明天晚上我们再试一遍,到时我们就可以知道你能不能叫我玛格达了。现在我们得睡了。我跟你一起躺一会儿,然后回到自己床上去,晚安,安娜。"

"晚安,小姐。"

我摸着了她的头,把我的嘴唇贴在她的前额上。她挣扎了一会儿,然后身子就僵住了,由着我摆弄。我们躺在一起,别别扭扭地。我等着她睡着,她等着我走开。

我摸索着从厨房回到我自己床上。在肢体接触这片陌生的天地里,我正在尽我所能。

| 204 | 我等着亨德里克。这一天忧心忡忡地度过。然后,从草原遥远的那一头,我看见他孤单的身影正朝屋宅这边艰难地挪行,起初是地平线上一片小小的白色尘雾,然后变成一个小黑点,相对其他那些静止的黑点,它在挪动,接下来就看出是一个骑自行车的男人顶着午后的炎热一路颠簸地朝我这边过来。我抱着胳膊。

现在他从自行车上下来了,推着车子走在穿过河床的松软的沙路上。他好像带着一个包裹。可是随着他越走越近,越来越清楚地显出那是他缚在自行车后座上的外套。

他把自行车靠在最后一级台阶下,迎着我走上来。他掏出一封折成四叠的信封。

"下午好,亨德里克,你准是累坏了。我给你留了一些吃的。"

"好的,小姐。"

他等着我看信。我打开信。这只不过是一张打印出来的表格,抬头上印着:ONTTREKKINGS——**退回**。在页边 Handtekening van beleêr——**存款人签名**——这行字上面有个用铅笔画的叉。

"难道他们什么也没给你?"

"没有,小姐。小姐说我会拿到钱的。现在我的钱在哪儿?"他站的地方离我如此之近,我只能蜷缩在自己的椅子里。

"真对不起,亨德里克,我真的很抱歉。可是我一定会想办法,别担心。明天我会自己去邮局把这事情办妥。我们得在日落前把驴子赶过来。我不知道它们到什么地方吃草去了。"说话,说话:我不停地说话只是想把他那像一堵墙般压迫着我的愤怒挡住。

我朝后推开椅子,摇摇晃晃地站起来。他一寸都没后退。我转身时蹭着了他身上打着补丁的衬衫,那发亮的肌肤,那阳光和汗水的气味。他跟着我进了屋里。

| 205 | 我指着桌上盖着的碟子:"你干吗不坐下来吃点东西呢?"

他打开盖子,看了看冷香肠和冷土豆。

"我沏点茶,你一定渴了。"

他一挥手把菜碟扫下了餐桌,碟子在瓷砖上摔成了碎片,菜肴撒得到处都是。

"你——!"我尖叫起来。他注视着我,看我会怎么做。"看在上帝分上,你怎么了?你为什么不能直截了当地告诉我你发的是哪门子脾气?把吃的东西捡起来,打扫干净,我不准你把我家里搞得乱七八糟!"

他身子倚着桌子,喘着粗气。一副出色的胸膛,强壮的肺。一个男人。

"小姐撒谎!"我听着这声音在我们之间这块地方回荡不息。我的心沉了下去,我不想让人冲着自己大声嚷嚷,这会让我手足无措。"小姐说邮局会给我钱的！我骑了两天的自行车——两天！可我的钱在哪儿？我还能怎么生活？储藏室是空的。我们卜哪儿去弄吃的？从天上吗？老板在的时候我们每个星期都能拿到食物，每个月都能拿到工钱，可现在老板到什么地方去了？"

他难道看不出这样做达不到任何目的吗？我能做什么呢？我没有钱给他。"你也可以走嘛。"我嘴里咕哝着，但他没听见我的话，他正冲着我咆哮，恶狠狠地冲我骂狠话，我已经懒得听了。

我转身离开。他跳起来抓住我的胳膊。"放开！"我喊道。他紧紧揪着我，把我拉回厨房。"我可不放，等一会！"他在我耳边发出嘲弄的嘘声。我抓起一眼瞥见的家什，一把叉子，朝他扔去。叉齿从他肩膀上擦过，没准连皮肤都没碰到；但他惊叫起来，一下子把我推倒在地板上。我跌跌撞撞地站起来，遭到暴风雨般的拳打脚踢。我一口气都不剩了，都喘不上气了，我捂着自己脑袋渐渐难看地倒在了地上。"叫我滚啊！……叫我滚啊！……叫我滚啊！……"亨德里克喊着，踢打着我，我向门边爬去。他踢着我的屁股，重重地，踢了两下，一个男人的踢打，都快踢到骨头了。我缩拢起身子，羞耻地哭了。"求求你，求求你！"我翻过身来，抬起膝盖。母狗肯定就是这副模样；但接下来发生的事情，我甚至都不知道是怎么回事。他一直在踢我的大腿。

| 206 | 亨德里克一直冲着我咆哮，恶狠狠地诅咒我，我再也听不下去了，全是一个男人被屈辱冲昏了头脑，怨气冲

144

天的叫骂。我转身朝外走。但我刚走了两步,他就一把抓住我的胳膊,硬是把我身子扭过来。我挣扎着想摆脱他。我抓起一眼瞥见的家什,一把叉子,朝他扔去,擦过他的肩膀,连他的皮都没碰到,可他却惊讶地吸了口气,猛地把我摁到墙上,他全身都压到我身上。叉子落地了。他的骨盆紧紧压着我的身子。"不要!"我喊道。"要的!"他在离我耳边一英寸的地方低声说道,"要的!……要的!……"我哭起来,这太丢脸了,我不知道怎么才能脱身,我身体里有什么东西正在软下来,有什么东西正在逝去。他弯腰,摸索着我的裙子下摆。我和他厮打着,但他摸到了,手指伸进了我两腿之间。我拼命夹紧,不让它们乱动。"不,求求你不要这样,求求你,不可以这样,只要别这样做,我求你了,亨德里克,我什么都给你,只求你别这样!"我气喘吁吁,只觉得一阵眩晕,我一再地把他的脸推开,却毫无结果。他顺势扑到我身上,费劲地扯我裤子的松紧带,在我身上乱抓乱挠。"不!……不!……不!……"我吓得都要晕过去了,这毫无快感可言。"哦,亨德里克,求求你放我走,我甚至都不知道怎么干!"我一下瘫倒在地,也许甚至昏厥过去了,他用胳膊抱着我的大腿。随后我倒在地板上,闻到一股蜂蜡的气味,尘土的气味。我害怕得想吐,我的四肢变成了水。如果这是我的劫数,那让我太恶心了。

事情正在我身上发生着,有人正在对我做这事儿,我感到这事情似乎发生在很远的地方,可怕的切口,沉闷的手术似的动作。声音听得非常清楚:吮吸,喘息,交叠。"别在这儿,别在地板上,求你了,求你了!"他的耳朵贴在我的嘴唇上，我只需轻声细语他就能听见。他箍着我的身子前后摇晃着，在地板上前后摇晃，我的脑袋每甩动一次都要在踢脚板上磕一下。气味冲鼻而来，头发的气味，还有灰尘的气味。"你弄痛我了……求你……求你停下吧……"人们都是这样做的吗？他挺了又挺，他在我耳边哼哼唧唧，眼泪淌到了我的喉咙后面。停下来呀！停下来呀！他开始大口喘息。一阵长时间的战栗之后，他趴在我身上不动了。然后，他抽身而去。现在我知道他肯定进来过了，既然他已离去，所有的痛楚和那些冰凉黏湿的玩意儿都来了。我把自己的手指按在腹股沟上，这当儿他在我身边系紧裤子。现在那玩意儿从我里面渗出来了，这气味刺鼻的液体必定是他的精子，从我两腿间流出，流到我衣服上，流到了地板上。我怎么才能把里面所有的东西全洗掉呢？我绝望地哭了又哭。

| 207 |　　他把我狠狠地甩到墙边，紧攥着我的手腕，他全身都压在我身上。叉子落地了，他的骨盆紧紧地压着我的身子。"不要！"我喊道。"要的！"他喊道，"要的！……要的！……""你为什么这么恨我？"我哭着问。我转过脸去，不看他，我忍不住。"你一直以来就想伤害我。我什么地方惹你了？那一桩桩烂事又不是我的错，是你老婆的错，是她和我父亲的错。那也是你的错！你们这些人不知道什么时候该住手！住手！别这样，你弄痛我了！求求你住手！你干吗要伤害我？你干吗要这样深地伤害我？求你了！求你别这样在这地板上干！放开我，亨德里克！"

| 208 |　他关上卧室房门,身子抵着门站在那儿。"把你的衣服脱了!"这闯入者说。他强迫我脱衣服。我的手指麻木了。我浑身颤抖着。我不停地喃喃自语,但他完全迷失在自己的世界里,听不见我的话。"你只会对我叫喊,你从来没跟我说过话,你恨我……"我转过身背对着他,发现自己正不知羞耻地脱下外衣和衬裙。这是我的劫数,这是一个女人的劫数。我不能再做比这更过分的事儿了。我躺到床上,背对着他,把我可怜的小乳房搂紧了,藏起来。我忘了脱鞋了!现在已经太晚了,事情将会从头到尾发生下去。我只能一忍到底,直到最后剩下我一个人,才能重新发现我自己,并在这段漫长得要命的时光里,把我生命中这个不同寻常的下午正在打乱的碎片拼凑起来。

| 209 |　他拉下我的裤子,从鞋襻上猛地扯了下去:接下来我得承担更多女人的义务了。"张开来。"他说。这是他对我说的第一句话;但我漠然置之,我摇摇头缩紧了身子,我把身上每一样东西都收缩起来,什么也不留给他,我不会让他说服的,在这紧蹙的眼皮后面连泪水都流不出来了,他得把我砸开,我像壳一样坚硬,我帮不了他。他用力把我的膝盖掰开,可我又缩拢了,一次又一次,一次又一次。

　　他把我两腿往上擎。我浑身僵直,羞耻地哭喊起来。"别怕。"他说。这是他在说话吗?他声音有点沙哑。这当儿他的脑袋突然钻入我两腿之间。我紧紧按着他毛茸茸的头发,扭开身子,但他还是钻了进去。"啊……"我大喊大

叫,丢脸的事儿真是没完没了。我身上湿乎乎的,这太让人厌恶了,肯定是他的唾沫,他刚才肯定在我身上吐了唾沫。我哭了又哭。

他趴在我两腿之间,掰开我的腿使劲往里推。"不会弄痛你的。"他说。

他强行进入了我里面。我一边哭着,一边身子扭来扭去,但他毫无慈悲之心,把我胸前的衣服扒开,朝我身上压上来。他在我耳边喘着粗气,晃着身子朝里面挺了又挺,什么时候能停下来啊?"谁都好这一口的。"他刺耳的声音在说。这是他在说话?他这是什么意思?然后他又嚷嚷:"夹紧!"说什么?这床每一个连接处都吱嘎作响,这是一张单人床,一张沙发床,不是干这个用的。他都要把我的肺给吸出来了,他在我耳边呻吟,发出嘘声,他咬着牙齿就像磨着一颗颗石头。"谁都好这一口的"?"谁都好这一口的"?人们能这么做作吗?怎么装呢?一阵颤动从头到脚传过他的全身,我清楚地感觉到了,相比别的事情感觉得更清晰,这肯定就是高潮了,这我知道,我在牲畜身上见过,这在哪儿都一样,它标志着结束。

他仰面躺在我身边,打着鼾,睡着了。我的手盖在他的男根上,被他的手捂在那儿,但我的神经却是麻木的。我一点儿好奇心都没有,我只觉得它湿漉漉、软沓沓的。我没有惊动他,把绿色被单扯过来盖在自己身上。我现在是个女人了?这就使我变成一个女人了?那些一连串的琐碎过程,一个接一个的动作,变换挪移的体位,筋肉这样那样地拉扯着骨头,其结果就是,我可以说我总算成了一个女人了,抑或说我终于成了一个女人吗?手指握紧叉柄,齿尖猛然出击,扎入满是补丁的衬衫,皮肤划出了一道口子。刹那间鲜血淋漓。两条胳膊扭在一起,叉子落到地上。一具身躯压在另一具身躯上,往里推,往里推,想找到进去的地方,扭来扭去,天摇地晃。但这具身体想到我里面干什么?这个男人想在我身上找什么?他醒来后还会再试一次吗?他在自己的睡眠中策划了怎样进一步的入侵和占有呢?是否有朝一日,他整个儿的骨架都会塞进我体内,他的颅骨会楔入我的脑壳,他的肢体会长到我的肢体上,他剩下那些东西都会填入我肚子里吗?他会给我自身留下什么?

| 211 | 当我淌着血和泪躺在这男人旁边时,这个下午最后的时光倏忽而去。如果现在要起来走走,我还能走动,还能说话,如果我现在走到游廊上去,头发乱糟糟的,屁股松弛下坠,大腿上抹了腌臜的东西,如果我走到阳光底下,我,生长在角落里的这朵邪恶之花,两眼昏花,头晕目眩;我肯定,尽管如此,所有的一切都与平常的下午不会有什么两样,蝉们不会停止吟唱,热浪仍然在地平线上颤动,太阳仍是死气沉沉地照在我的皮肤上,可不在乎我的皮肤是否受得了。我现在已经历了所有的事情,并没有天使带着闪光的利剑下凡来阻止这事儿。这儿的天界似乎没有天使,世上的这块地方似乎也没有上帝。它只属于太阳。我觉得,这片地方原本就不是给人住的。这是一片专为虫豸造设的土地,它们吞咽着沙子,互相在对方尸体上产卵,无声无阒

149

地死去。我可以毫无顾忌地跑到厨房里去拿来刀子,把这男人冒犯我的那玩意儿割掉。这事情到头来会怎么样呢?现在留给我的还有什么呢?我什么时候能够喊出一声"够了"?我渴望结局。我很想让人搂在怀里,让人抚慰,让人爱抚,跟我说我可以让钟摆停下来了。我想待在洞穴里,一个可以舒适地蜷伏在里边的洞穴,我得把耳朵捂起来,抵挡这没完没了地从我身上流出、又流入我身体的说话声,我要在别的什么地方找个安身之处,如果必须傍在这具躯体上,那么也该有个别的名目,如果没有另外的躯体(不过有一具躯体是我更为偏爱的,我不能不这样说,除非我把自己的喉咙割断),我很想爬进克莱恩-安娜的身子里,我很想在她睡着的时候顺着她的喉咙爬下去,在她体内轻轻地舒展自己,我的手伸进她的手里,我的脚插入她的脚里,我的颅骨妥帖、安稳地对上她的脑壳,在她的脑壳里肥皂、面粉和牛奶的形象旋转着,我身上所有的口子都调到了她的孔眼上,在那儿毫不操心地等待着从那些孔眼里钻进来的任何东西,鸟儿的鸣唱、大粪的臭味,还有男人那个部位——它现在不再愤怒,而是和风细雨,它在我温暖的血液中摆动着,那滑腻腻的精液冲刷着我,沉寂在我的洞穴里。我自己也沉入睡眠,而我的手指,被他睡梦中的手指捂着,开始学着爱抚这柔软的东西,这东西,我会尽量不记住它的名字。

212 他推开我的手坐起来。

"你一直在睡觉。"这就是我说的话,从我嘴里出来,如此温柔。真是奇怪。话自然就说出了口。"请你别再发脾气。我不会再说什么了。"我转过身,正对着他。

他拢起两手擦了擦脸,从我身上爬过去,摸着了他的裤子。我支起胳膊肘,望着男人穿衣服时轻快活泼的动作。

他离开房间,稍后我听见他的自行车碾过沙石地的声音,随着渐而远去,声音越来越轻。

| 213 |　我敲敲农舍敞开的门。我梳洗过了,一脸清爽,面带和气。安娜抱着一捧木柴走到我身后。

"晚安,安娜,亨德里克在家吗?"

"在的,小姐。亨德里克!小姐来了!"

看来她什么都不知道。我朝她微笑,她身子往后缩了一下。看来还需假以时日。

亨德里克站在门口,仍在暗影里。

"亨德里克,从现在开始你和安娜过来睡到宅子里吧,我一个人太害怕了。我会给你们安排好床铺,你们不必再睡在地板上。事实上,你们完全可以在客房里睡。带上你们需要的东西,这样你们就不必来回跑了。"

他们交换了一下眼神,我站在那儿等着。

"好的,我们会来的。"亨德里克说。

| 214 |　我们三个围坐在厨房桌旁,就着烛光喝着安娜和我做的浓汤。他们拿不准自己在这的地位,不知道我这儿有什么规矩,吃饭的时候不免有些别别扭扭。安娜的眼睛老是垂着,我问到农庄的事儿,亨德里克用他老一套三言两语的口吻回答。

151

| 215 | 我洗碗碟,安娜接过来揩干。我们配合默契地一起干活。她害怕的是手里无事可做的时候。我决定少问多聊,这样她会慢慢习惯这种我说她听的模式。当我们身体互相触碰的瞬间,我留心着不要退缩。

亨德里克消失在了夜色里。一个男人在黑暗中走来走去做什么呢?

| 216 | 我们在客房里铺了两张床,很像样的床铺,有床单和毯子。然后,我们把床并在一起。我还留心给他们拿来了夜壶。我灌满了水壶。我没有无视礼俗,也并非别有用心。在这荒僻之地,在这死亡之地,我正在制造一个开端;或者说,如果不是这回事的话,那就是在做出一种姿态。

| 217 | 下半夜,亨德里克爬上我的床搞了我。很痛,我仍还生涩,但我尽量放松自己,去体会那种感觉,虽说直到现在也还不得要领。我看不出我身上有什么东西能让他兴奋;换句话说,如果我找到了原因,我希望能及时调整到更佳状态。我很想睡在他的怀抱里,看看是否能在别人的怀抱里入睡,但他不愿意这样。我还是不喜欢他精液的气味。不知道女人会不会渐渐习惯这个。决不能让安娜早上收拾这张床榻。我得把沾了血迹的被单拿盐擦一擦,找地方锁起来,或者偷偷烧了它。

亨德里克在黑暗中站起来穿衣服。我一直睡不着,已临近拂晓。我头晕目眩,几乎精疲力竭。

"我做得对吗,亨德里克?"我从床上探出身子抓住他的手,我能从自己的声音里听出自己正在改变,他也准能听出来,"我对这种事情一点都不懂,亨德里克——你明白吗?我只想知道我做得是不是对头。你得帮帮我。"

他松开我的手指,动作温存,走了。我赤身裸体地躺在那儿,沉思着,在第一缕阳光射入前,在这段属于我的时间里尽情沉思默想,也让自己为夜晚的到来做好准备。

| 218 | "你快活吗,亨德里克?我让你感到快活吗?"我的手指摩挲着他的脸庞,他允许我这样做。他的嘴上没有笑容,但带着笑容的嘴巴不是快活的唯一标志。"你喜欢我们做的事吗?亨德里克,我什么都不懂。我不知道你是不是喜欢我们一起做的事。你明白我说的话吗?"

我想有机会看看他,我想看他是否还用原来那种警觉的样子看着我。在我眼里,他那张面孔一天比一天晦涩难懂。

我俯身朝着他,用我的头发在他身上轻轻拂动,他好像喜欢这样,也允许我这样做。"亨德里克,为什么你不让我点上蜡烛?就点一次好吗?你晚上进来就像一个幽灵——我怎么知道那就是你呢?"

"还能有谁?"

"没人……我只想看看你的样子。可以吗?"

"不,不行!"

| 219 | 有几个晚上他没来。我赤身裸体地躺着,等着

他,浅浅入睡,又猛然惊醒过来,对着第一声鸟鸣,对着黎明的第一缕晨曦长吁短叹。许多女人也都这样,她们躺着等待久候不至的男人,我在书上看到过,别说我什么都没经历过,从第一个字母到最后一个字母的事儿,我都知道。

睡眠不足使我渐渐变得萎靡。我时常会在下午毫无预兆地倒头便睡,身子一歪,随便倒在哪张椅子上,然后在炎热之中稀里糊涂地醒来,而最后的鼾声犹在耳边回响。他们两人瞧见我这样子了吗?他们会朝我指指点点,哂笑一番,踮着脚走来走去做自己的事吗?我羞愧得咬牙切齿。

| 220 | 我饮食很差,越来越瘦,甚至有可能骨瘦如柴。我脖子上生满疹子。我没有吸引他的美色。也许这就是他不允许点蜡烛的缘故,也许我的样子会扫他的兴。我不知道怎么来取悦他,不知道他搞我的时候是喜欢我扭动起来,还是老老实实待着。我抚摸他的皮肤却感觉不到任何回应。他和我在一起的时间越来越短,有时候就花一分钟把他自己那玩意儿泄到我体内。他连衬衫都不脱下。我太干涩,做不了这种事。我的生命中这事儿来得太晚了,想来很早以前溪流就干涸了。听到他的脚步声在门外响起时,我总是试着使自己潮润起来,可这并不总是管用。老实说,我不知道为什么他要离开妻子的床,跑到我这儿来。有时他一脱衣服,她身上的鱼腥味儿便会钻到我的鼻孔里来。我肯定他们每天晚上都做爱。

| 221 | 他把我脸朝下翻过去,像牲畜似的从后面进去。

当我不得不抬起自己丑陋的屁股对着他时,我心里的一切都死去了。我羞辱难当;有时候,我觉得他要的就是我的这份羞辱感。

| 222 | "多待一会儿,亨德里克。我们难道不可以谈谈吗?我们两个几乎没什么交谈的机会。"

"嘘,别这么大声嚷嚷,她会听见的!"

"她是个孩子,她已经睡着了!你很在意她发觉我们的事儿?"

"没有,她能怎么样?棕色人种还能怎么样?"

"求你,别这么刻薄!我都做了什么让你这么刻薄?"

"没有什么,小姐。"

他匆忙爬出床铺,他的身躯如钢铁般倔强。

"亨德里克,别走!我累了,累到骨髓里去了。你难道不懂吗?我所要求的不过是我们两人之间能稍微和睦一点儿。这要求应该不算太过分吧。"

"不算,小姐。"说完他就走了。

| 223 | 得填满这些日子,这漫无目标的琐碎日子。我们三人在这屋宅里找不到真正的出路。我看不出亨德里克和安娜到底是客人,是入侵者,还是囚徒。我不能再像以往那样把自己关在房间里。我不能让安娜一个人来打理这房子。我观察着她的眼睛,等着她显露出对夜间的事情有所觉察的神情;可她不看我。我们仍一起在厨房干活。除此之外,我对她还能有什么期盼呢?一定得是她来维持家里

的光洁，还是只能我来干，她在一旁看着呢？我们必须一起跪着擦地板，成为一对理想的家庭佣仆吗？我知道，她想回到自己的屋子里去，回到她自己无拘无束的生活方式和惬意的氛围中去。是亨德里克把她留在这儿。她肯定想单独和亨德里克待在一起。而亨德里克却想要我们两人，就像我也想要她和亨德里克一样。我不知道如何解决这个问题。我只知道，不对称会让人不开心。

| 224 | 安娜被我凝视的眼神弄得挺不自在。我邀她放松，让她和我并排坐在丁香树树荫下的旧长椅上，这也让她感到压抑。她尤其让我的谈话搞得局促不安。我不再向她提问，我知道怎样做更合适，便只是跟她说个不停；但我不懂谈话的技巧，对那些趣闻逸事和飞短流长我都一无所知，我一辈子都一个人生活，我没有让人感兴趣的经历，我的谈话有时只是喋喋不休，有时我把自己当成一个惹人厌烦的孩子，朝她咿咿呀呀，学着像大人那样喋喋不休地说话，毫无疑问，是在咿呀学话的过程中学习，但学得很慢，太慢了，而且代价太大。至于她的言语，传到我这儿都隐隐地带着一种不情不愿的意思。

| 225 | 我宣布，这天要腌制青无花果。我很高兴，这是我最喜欢的日子，但我没法让安娜从这一阵子的郁闷中解脱出来。我们沿着一排排的果树走。我告诉她，只采摘最小的无花果，那些已近成熟的果子别去动它。每当五个无花果落入我的桶里时，她的桶里才放进了一个。我们把无

花果摊在厨房的桌子上。在果子上面像这样划一个小小的十字口子,我告诉她,这样糖分才能腌进果心里。我的手指相当灵巧,她的却很粗笨,她干得很慢,几乎帮不上忙。她两手放在大腿上叹息起来。我隔着桌子打量她,隔着碗里的无花果。她避开我的视线。

"你有什么烦心的事儿吗,孩子?"我问,"说吧,告诉我吧,也许我能帮得上你。"

她苦恼地摇摇头,一脸神思恍惚。她捡起一颗无花果,在手里搓来揉去。

"你觉得孤单吗,安娜?你想家了吗?"

她慢慢地摇摇头。

这就是我打发日子的方式。事事一成不变。我所渴望的,不管什么,都不会有。

226　我站在安娜身后。我双手放在她肩膀上,我的手指伸进她的衣领里,抚摸着毫无瑕疵的青春的肌骨,这锁骨,这肩胛骨,这些名字没表现出这样的美。她低下头。

"有时,我真的感到太悲哀了。我肯定是这儿的环境让我们有了这种感觉。"我的手指抚过她的喉咙,下颌,太阳穴,"别在意。很快就会好起来的。"

人在欲望驱使下会去做什么?我的目光随意地转悠到什么物体上,奇怪的石头、漂亮的花朵、奇形怪状的昆虫:我把它们捡起来,带回家,收藏起来。一个男人来到安娜身边,来到我身边:我们拥抱他,我们让他进入我们的身体,我们是他的,他是我们的。我是这片出生之地的继承者,当年是我的祖先觉得这片土地不错,筑起了围栅。对欲望的激励,我们只能做出一种回应:俘获,圈地,占有。可是我们的拥有又有多真实呢?花儿已零落成泥碾作尘,亨德里克脱身而去,土地可不懂得筑围栅的含义。当我化作齑粉之日,石头仍将在这儿,而我吞咽下去的食物只是穿肠而过。我不是欲望故事中的主角之一,我并非欲壑难填,我的要求也并非不可企及,我只问自己这一件事——隐隐约约,毫无把握,令人不安地问自己——在做一件注定徒劳的事时,除了努力取得渴望的东西,是否就没有其他处理欲望的办法,因为结局只能是欲望之物的灭绝。当一个女人渴望另一个女人时,我的问题就变得更加令人感伤,两个洞洞,两个空儿。如果我是这样,那么她也如此,肉体是命定不可更改的:一个空儿,或是一个壳,一层薄膜裹覆着空漠的天地,渴望被填满,而它所在的世界却空无一物。我对她说:"你知道我有什么感觉吗,安娜?像一个巨大的空儿,一个充满巨大缺失的空儿,这缺失就是渴望被填满、被充实。但与此同时,我知道没有什么东西能填塞我这空儿,因为生命延续的首要条件是渴望,否则生命就将停止。这是生命永远无法实现的一条原则。欲望的满足没法使人真正满足。只有石头什么欲望也没有。但谁知道,也许石头也有这样的洞洞,只是我们从来没去注意罢了。"

我向她俯过身子,抚摸她的胳膊,把她柔软的双手握在我的手里。当她想要听故事时,从我这儿得到的只有殖民地的见识、背后没有历史的言辞、乡俗的观念。我能想象出一个一个让这孩子高兴起来的女人,她讲真实发生过的事儿来逗她开心,讲老祖父如何被蜜蜂叮咬得抱头鼠窜,结果丢了帽子再也找不回来了,为什么月亮会有亏有盈,野兔是怎么骗过豺狗的。然而,我的这些话不知从何处来,也不知往何处去,它们没有过去也没有未来,它们在一种荒凉而永恒的现在时态中呼啸着穿过一片片平原,没人去理会。

|227| 有人来拜访我们了。

安娜在给我剪头发。在清晨的阴凉里,我坐在厨房外面的小凳上。微风吹过田野,带来一阵像是从地下传来的沉闷的哐当哐当声儿,就像唧筒抽汲似的,在耳熟能详、唤起回忆的声音世界里混入了另一种声音。我可以想象自己盲目而又幸福地置身于这样一个世界,仰脸朝向阳光享受温暖的日晒,侧耳倾听远处的动静。安娜的剪刀在我后颈上凉飕飕地滑过,顺从我悄声细语的吩咐。

之后,冷寂的门外突然出现一阵喧哗,棕的灰的黑的都叠在一起了,我眼前这地方一下子乱套了,一下子又平静下来,亨德里克跑过来又跑走了,他两条裤腿互相拍打着,鞋底嘎吱嘎吱地踩过沙石地;接着安娜也跟在他后面跑了,弯着腰,急急忙忙地跑了,梳子、剪子都扔在地上,从平静地待在这儿到撒腿开溜之间似乎没有一点儿过渡,仿佛她和我共度的人生只是奔走的人生中被冻结的、心不在焉的、偷来的片刻。还没等我起身,他们就跑到了剪羊毛的圈墙后面,再拐到马车房后面,顺着斜坡一路跑进河床了。

我肩上披着桌布,手里捏着剪了一半的头发从屋里出来,去面对两个陌生人,两个骑马的人。我蓬头垢面慌慌张张的,本该处于非常不利的地位;但我更明白这一点:他们在我的地盘上,他们来这儿是骚扰了我,是他们该做出道歉,说明他们的来意。

"不,"我三言两语地对付他们,"他今天一早就离开了……不,我不知道去哪儿……那男佣跟他一起走的……也许迟一些吧。他晚些时候总会回家的。"

他们是父子二人,是邻居。我最后一次见到邻居是什么时候?我见过他们吗?他们没说为什么来这儿。他们来此造访,是出于男人的事务。围栅倒了,一群狗逃散了,羊群中疫病横行,蝗虫铺天盖地而来,剪羊毛的人还没来,他们不会跟我说这些。这是真正的灾难,我自己可怎么来应付这些事儿呢?如果我让亨德里克做我的工头,而我严厉地站在他身后,佯装他是我操控的木偶,他能够把农庄打理好吗?是不是该用带倒刺的铁丝网把农庄围上,锁上栅门,把羊都宰了,放弃经营农场的幻想呢?我显然不是这块料,又怎么能让他们那般经验老到的男人相信我和他们是一路人呢?他们大老远地跑来一趟却徒劳无功,等待着主人邀请他们下马进来享用茶点;但我却仍是默不作声地站在那儿,摆出拒人千里的样子,直到他们互相交换了一下眼神,脱帽告辞,随即掉转马头。

艰难的时候来了。接下来还会有更多的造访者,还有更棘手的问题需要回答,直到人们不再来访,也不再提问。将有许多诱惑叫人卑躬屈膝、哭哭啼啼。旧日的时光似乎很有田园诗意;而倒刺铁丝网背后未来的田园生活,从另一角度看来,又是多么诱人!有两件事情可聊以自慰:实际上，我的担心是，这般既无过去也无未来的状态，我栖身的这种中间状态，是一种永无休止的当下，不管我是在莽汉的重压下喘息着，还是感受着剪刀刃口在耳边的凉意，不管是在清洗尸体还是在料理肉食，我仍是颗不情愿的北极星，这非凡的宇宙要绕着我旋转。我被压在下面却未被占有，我被刺入却未被戳到内核。在内心，我仍是往昔那个凶猛的处女螳螂。亨德里克也许占有了我，但实际上是我占有着一个拥有我的他。

| 228 | "他们还会再来的，你糊弄不了那些人！他们以为老主人总该回来的，他要是不回来，他们就知道有什么事情不对劲了！"

他在灯光里大步地踱进踱出。他晚上回来了，还大发脾气。现在我真正看出我们已变得有多亲密了。他已经学会在我面前不脱帽子。他已经学会了说话时怒气冲冲地走来走去，拳头捶着自己的手掌。他这手势表明了心头的愤怒，但也表现出一个男人想要发作就发作的自信。真有意思。他冲我爆发出来的总是盛怒的情绪。这就是我的身子对他封闭的缘故。没被爱过，一直都没有爱。但难道被恨过吗？如此说来，他这些日子都在干什么呢？他一直想从我身上榨取某种东西，我知道，而我总是那么倔强，那么生涩，那么笨拙，那么迂腐，那么疲惫，那么害怕他那狂暴、腐蚀性的精液的涌流；当他还想要别的东西时，我只是紧紧咬住牙关，坚持着，也许他想触碰我的心，不光触碰我的心，还让我为之颤抖。我不知道，一个人能够多深入地进入到另

一个人的内心之中。遗憾的是他不会向我表白他的内心。他有手段却没有言语,我有言语却没有手段;因为我担心,我的话处处可及。

"我告诉你吧,就这几天他们还会再来,比你料想的还快,还会带上另外一些人,所有那些农场主!于是他们将看见你和佣工住在这个大房子里。于是要受惩罚的是我们——而不是你——是她和我!

"然后,他们会弄清楚老主人出了什么事儿,这一点你可以相信!那老安娜已经把这些事儿播弄了好长时间了,每个人都知道老主人跟我老婆不干不净。所以他们会说是我枪杀了他,谁会相信我,谁会相信一个棕色人种呢?他们会吊死我的!我!不——我马上得走,我明儿早上就走,我得离开这个地方,到明天晚上我就离这儿远远的了,我要到开普敦去!"

"亨德里克,我们能不能理性地说会儿话?请你坐下来好不好,你这么气冲冲地走来走去把我都搞糊涂了。你首先告诉我,你这一整天都上哪儿去了,安娜又在哪儿?"

"安娜在家里。我们以后不能在这儿住了。"

"你也不在这儿睡了吗?我得一个人睡在这屋子里了?"

"我们不住这儿了。"

"你知道吗,亨德里克,你伤害了我。你知道吗,你有能力伤害我,而你每次都这样做。你难道真觉得我会把你交给警察吗?你以为我是那种没有骨气承担自己罪责的人吗?如果是这样,那你就太不了解我了,亨德里克。因为你心里有太多的怨恨,所以你完全看不清事实。我并不只是白种人中的一个,我是**我**!我是我,不是哪一类人。为什么**我**就该为别人的罪过付出代价呢?你知道我在这农庄里是怎么过日子的,我过的是与世隔绝的日子,几乎生活在人性之外!看着我!你知道我是谁,我不必来告诉你!你知道他们叫我什么,后院的巫婆!我为什么要站在他们一边跟你作对?实话告诉你吧!我还要怎么做才能让你相信我说的是实话?难道你没看出你和安娜是我在这世上唯一依恋的人?你还想怎么着?我必须哭给你看吗?我必须跪下来吗?你就等着一个白种女人向你下跪是吗?你就等着我成为你的白种奴隶是吗?告诉我!说话呀!为什么你什么都不说?如果你恨我,何必每天晚上都来干我?为什么甚至连我做得对不对你都不愿告诉我?我怎么才能知道啊?我怎么才能了解啊?我得去问谁呢?我该去问安娜吗?我该去问你的妻子怎么才能成为一个女人吗?我还能把自己作践到什么地步?难道一个白种女人得舔你的屁股才能得到你一个微笑吗?你知道你从来没有吻过我吗,从来没有,从来没有,从来没有?难道你们这种人从来不接吻?难道你从来没有吻过你的妻子吗?她和我有什么不同?一个女人非得伤害了你才能让你爱上她吗?这就是你的秘密吗,亨德里克?"

恳求连带谴责,劈头盖脸地数落下来,他在什么时候走出去了呢?他留到最后了吗,还是我永远失去他了?如果我再多一些笑容,如果我能让自己的身体不那么僵硬,是否能够重新发现那个我曾一度相知的年轻人——为自己做鞋子的那个年轻人;当我倒入咖啡豆,便摇动咖啡研磨机的那个年轻人;那个举手轻触一下帽檐咧嘴一笑的年轻人,心身愉快、不知疲惫地迈着大步,去干下一样活儿?对他了解更多之后,我似乎失去了他身上我最喜欢的所有东西。如果所有的教训来得不算太晚,如果我还想再了解一个男人,我该学到什么教训呢?当我父亲到了不能挥手赶走脸上的苍蝇的地步时,他是否学到了这样的教训:小心别跟佣仆太过亲密?亨德里克和我,是否以我们不同的方式,为了爱欲而毁灭?抑或,只是这故事拐错了弯,如果我能找到某种渐进的方式,进而建立一种更含蓄的亲密关系,我们或许都能学会幸福地相处?抑或,这片冰火两重天的荒漠竟是一处炼狱,我们必须经过这儿才能进入流溢着奶与蜜的地带?安娜又怎么样呢?她也会来吗?她和我能有一天会像亲姐妹似的睡在同一张床上吗,还是当她找到自我之后,会把我的眼睛抠出来?

| 229 | 除了除尘、清扫和擦洗,肯定还有别的办法填塞这空洞的日子。我像一只脚踏转车的老鼠似的,在屋里转悠来转悠去。难道没有法子让房间一劳永逸地保持清洁吗?也许我从阁楼重新开始,把屋顶和墙面之间的罅隙都堵上,把纸钉在地板上,然后把门窗都封上,就能防止落灰,我也能离开这房子,直到春天来临,如果春天还会再来,如果春天这儿有人能把门锁打开。也许我可以留一个不封闭的房间,最好是留我自己的房间,看在旧日的分上,把剩下的蜡烛、剩下的食物、斧头、锤子、钉子、剩下的纸张和墨水

都堆到这个房间里。或者,也许更好的办法是关紧百叶窗,锁上最后一道门,把我所有的东西都挪到昏暗的小仓库里,很久以前建造这所大宅的建筑师们在规划这世胄采邑时曾在那儿住过。那儿,在老鼠和蟑螂堆里,我也许真的会找到一种让我的历史之钟慢下来的办法。

| 230 | 屋宅的门一扇接一扇在我身后咔哒咔哒地关上。挪动家具,清理灰尘,把木头烧成灰屑,我找到了一生的事业。我意识到,奴隶在镣铐中失去了一切,甚至失去了逃离枷锁的喜悦。宿主濒临死亡,寄生虫在冷却的内脏间焦急地来回游走,不知道接下来该以谁的组织为生。

我毕竟不是本该在完全孤绝之中生活。如果我被命运投诸草原深处的无处可去之处,被黄土埋到腰间,被命运指派过那样的日子,我不可能坚持下来。我不是哲学家。女人都不是哲学家,而我是一个女人。一个女人没法无中生有。无论我与灰尘、蜘蛛网为伴,终日在食物和污迹斑斑的亚麻布之间转悠的生活有多么枯燥乏味,不管怎么说,终究是它们在润泽我的生活,赋予我生命。如果真是孤独地待在这草原上,我会恹恹而死。除了观察天体运行,倾听昆虫们争论我是否可被吞噬的微弱信号,我几乎无法打发这日复一日、夜复一夜的日子。除了眼睛和耳朵,我至少还需要一双手以及动手能力,至少总还需要一些卵石用来拼镶图案。一个人在渴望灭亡之前能玩多久拼镶图案的游戏呢?我不是一种信条,不是对话的理则,不是被另一星球上的某个生命安放在南十字星下这荒蛮之地日复一日、夜复一夜

地生发出种种愁绪的一台机器,一路而来细数着那些情愫,直到思维枯竭。我需要的不仅是可以排列造型的卵石,不仅是需要清扫的房间,不仅是可以挪来挪去的家具:我需要与人交谈,需要兄弟、姐妹、父亲和母亲,我需要历史和文化,我需要希望和憧憬,我需要有道德观和目的论才能感受幸福,更不用说食物和饮料。现在,会有什么事情降临到我茕茕孑立的身上呢?我再度陷入孤独,独存于历史的现在时:亨德里克走了,安娜跟他一起走了,他们没说一句话连夜开溜了,不能捆在自行车上带走的东西什么都没拿。现在,会发生什么事情呢?我心里充满预感。我蜷缩在小仓库里,石板地面寒气砭骨,蟑螂围在我身边舞动着它们好奇的触角,我担心最坏的情况出现。

| 231 |　冬天来了。冷风在铁灰色的天空下从田野上呼啸而过。土豆已经出芽,水果都落在地上烂掉了。狗也离开了,跟着亨德里克走了。水泵日日夜夜声音单调地转动着,坝里水已溢出。农庄就要倾圮。我不知道羊群将会怎样。我打开了农庄的每一道栅门,羊群一哄而散,涌向各个放牧点。一天早上,天还没破晓,上百个灰色影子在屋宅和仓库之间穿梭来往,默默地发出沉闷的噪音,挤挤挨挨地转来转去,在那儿寻找新的牧草地。我发现,对我来说,它们已毫无意义。我没法逮住它们,也没有宰杀它们的欲望。倘若我还有子弹,为了它们好,我会射杀它们(枪在我手里掂了掂,我的手臂还挺稳),然后任凭它们腐烂。它们身上的羊毛又长又脏;长满了壁虱和丽蝇,它们活不过明年

夏天。

| 232 |　我靠南瓜和玉米粥度日。我对即将来临的苦日子不做任何准备。上帝自会赐予他的子民,而如果我不是他的子民,那么我也应当灭亡。我为了一些琐事在面如刀割的风沙里跋涉。我脸上的皮肤一点一点被掀去了;我不愿让它再长出来。皮肤的微粒、灰浆的微粒、锈蚀的微粒、全都飞落而去,湮没了。如果一个人非常耐心,如果一个人活得够长,他就有望看到这么一天:最后一堵墙倾圮了,蜥蜴在炉边晒太阳,相思树在墓园里抽枝发芽。

| 233 |　造访者不绝如缕,许多人我都叫不上名字。在我土生土长的思维简单的脑子里,压根不知道这世界上竟有这么多人。为寻找我父亲,农庄地面上每一英寸都被搜遍了,他在一个倒霉的日子骑马出走,从此一去不返。

　　他们向我解释,在找到遗骸之前,这名字不能从名册上划掉。这是原则。我点头表示赞同。能拥有简单、可信的生活准则,该是多么幸运啊!也许,离开这荒蛮之地到文明世界去找一个家还不算太晚。

| 234 |　那匹马。我父亲消失之后,那匹马只在马厩里待了几个星期。后来,我懒得再去喂它,也把缰绳松开了。现在马不知上哪儿去了。抑或,那匹马还在山坡上四处踯躅,寻找它丢失的主人。

| 235 | 乌-安娜和雅各比也来农庄了。他们坐着驴车来取他们剩下的物品。乌-安娜叹息着聊起我父亲高尚的品德。"他是个说话算话的人"她说。"你有亨德里克的消息吗?"我说。"没有。"她说,"他失踪了,他和他老婆一起不见了。不过他们总会把他逮住的。"

雅各比把帽子摁在胸口向我鞠躬。他妻子挽着他上了车。她抽了一下驴子,他们车轮辚辚地驶出了我的生活,面容已老,腰背渐驼。我望着他们穿过尘雾,然后关上门。

| 236 | 亨德里克将会有什么遭遇?他们来找寻我父亲的时候,那些胡子拉碴的男人,那些脸颊红润、紧抿着小嘴、有着射手般蓝眼珠的小伙子,他们真是在搜寻失踪的农庄主人,还是在追踪逃跑的家佣和他的配偶?如果是后者,他们这会儿准是还没有找到,也还没有一枪崩了他们便回家吃晚饭吧?世上的这块地方并无藏身之处。世上的这块地方在猎人眼中处处都是赤裸裸的;不会掘洞就逃不掉。

不过也有可能他们没有当即干掉他们。也许,他们追上了那两人,把他们逮进牢里,像牲畜似的拴了起来,把他们送到遥远的地方去接受法律制裁,让他们在采石场里度过余生,作为对他们的罪愆和他们讲述的疯狂恶毒的故事的惩罚。也许,因为我是一个女人,一个脑子不大灵光的老处女,这些事儿就不来叨扰我了。也许他们押着亨德里克和安娜走出审判室,互相看一眼,彼此点点头,做出正义裁决时也给予了适当宽宥,过后他们派法警带来一卷铁丝网,把这农庄的栅门全用铁丝网封上,这就把我扔到脑后了。

把一个人封闭在偌大一块地方,实际上也跟关入斗室一样。也许,这样一来我的故事就要到头了,那些卷宗都扎上丝带归档存放,只有我不知道这一切,也是为了我好。

或者,也许他们确实把亨德里克带回了农庄,与我对质,而我却记不得这事儿了。也许他们都来了,法官、书记员、法警,还有方圆几英里赶来看热闹的人,他们把戴着脚镣手铐的亨德里克带到我面前,问:"是这个人吗?",等着我回答。这当儿我们最后对视一眼,我说:"是的,是他。"他恶狠狠地赌咒发誓,朝我啐一口唾沫,他们把他暴扁之后又拖开去,我哭了。也许这是真实发生的事儿,虽说我不觉得有趣。

或者,也许我前前后后都弄错了,也许我父亲从来就没死,今晚就会在夜幕中骑着那走失的马匹走出山冈,跺着脚走进屋宅,因为他的洗澡水没给准备好而大发雷霆,猛然拽开一扇扇关着的房门,嗅着陌生的气味。"谁在这儿?"我父亲大声问道,"你让那白痴待在屋里了?"我哭哭啼啼地跑开去,但他追上我,扭住我的手臂,我吓得魂飞魄散,不停地嘟囔:"亨德里克!"我哭泣着,"快来帮帮我啊,鬼魂回来了!"

可是亨德里克,唉,他已经走了,我只能独自面对我的恶魔;我,一个成年女人,一个老于世故的女人(虽然有人也许不这么认为),蜷缩在最后一袋玉米后边。亨德里克,我不能跟你说话了,但我祝愿你过得好,你和安娜两个,愿你有豺狗的狡猾,愿你比追踪你的猎人运气更好。假如某一天晚上你来轻叩我的窗子,我也不会惊讶。你可以整天睡在这儿,你可以整夜在月光下走来走去,自言自语,说着那些男人们在自己的土地上对自己说的话。我会为你煮饭,甚至,如果你喜欢,我愿再次尝试做你的第二个女人,如果我下定决心,这当然不是什么做不到的事儿,在这时空之外的孤岛上什么都有可能。你可以把你的小家伙们带来;我会在白天照看他们,晚上带他们出去玩。他们的大眼睛准是闪闪发亮,他们会看见别人看不见的东西;日间,当上天的眼神怒视凡界,穿透每一处阴凉地儿,我们便一起躺在凉飕飕的暗处,你和我还有安娜和他们。

| 237 | 转眼又是夏去冬来。光阴如梭,经历了几度寒暑我也说不上来,我没有先见之明,未曾早早地在木棍上刻痕计日,或是在墙上画下记号,或是像那些在海难中获救的人那样留下自己的航海日志。但时间不停地流逝,我现在真的变成了一个又老又疯、又老又丑的女人,腰背佝偻,一只鹰钩鼻子,手指关节粗大。也许我错误地把时间想象成一条流动的江河,载着我从无限流向无限,就像漂着树皮或是枯枝那样,或许,这河水有一阵子漫过了地表,有一阵子在地下流淌,然后又重新露头,因为我永远无从知晓的原因,而现在又重新涌流在天光之下,而我也随之漂流,在蛰伏大地深处几度寒暑之后,人们又能听见我的话语,在此期间它们一直喋喋不休(如果它们缄默不语,我会在哪儿呢?),但它们一直全无踪迹,没有留下记忆。或者,也许这儿没有时间,也许我受到了蒙骗,才会认为自己的媒介是时间,也许这儿只有空间,而我只是光影中一个游移的小点,从一处空

间闪到另一处,数年之际一闪而过,此刻还是一个战战兢兢躲在教室角落里的孩童,彼时却成了一个手指关节粗大的老妇,这也不无可能,我的心灵并不褊狭,这也许可以解释某些不确定性,我正是借助这种种不确定记住事情。

| 238 | 后来农庄只多了一位造访者。某一天下午,那造访者顺着大道一直走到屋宅跟前。我在山坡上敲打石头时望见了他。他没看见我。他敲敲厨房的门。然后,他手搭凉棚往窗子里面张望。他是一个孩子,十二三岁的男孩,穿着一条仅及膝部的裤子和一件松松垮垮的棕色衬衫。他脑袋上戴一顶土黄色卡其布帽子,或是我以前从没见过的类似法国军帽的那路玩意儿。因为没人来应门,他就离开屋宅走到果园里去了,那儿橘树上果实累累。我悄悄走到他那儿,一个野婆子突然在他面前现身。他吓得跳了起来,想把吃了一半的橘子藏到身后。

"是谁在偷我的果子?"我说,这话从我唇间一字一顿地蹦了出来,像石头似的,不管听这话的人有多僵硬,对着一个真实的听者说出这番真实的语言显得多么古怪啊。

那孩子瞪大眼睛回望我——让我来再现这一场景——只见一个干瘪的丑老太婆,全身着黑,衣服上沾满了食物的污渍,都长出绿毛了,生着一口八面狰狞的大板牙、一双疯狂的眼睛、一头鬃毛似的灰白头发,这下他马上就明白了所有的妖怪故事都是真的,比那些故事更恐怖的事儿也是真的,他觉得自己可能再也见不到妈妈了,他就要像小羊羔那样被宰掉了,他鲜嫩的肌肉要被搁到烤炉里去烤炙,他的肌腱要被熬成胶汁,他的眼球要在沸水中煮成饮剂,他剔得一干二净的骨头要扔去喂狗了。"不,不!"他喘着大气,那颗小小的心脏都快停止跳动了,这便跪倒在地上。他从口袋里掏出一封信,颤颤巍巍地举在手里。"有一封信,老小姐,请看!"

那是一个暗黄色的信封,上面用蓝色铅笔重重地画了一个叉。这是寄给我父亲的。这样看来我们没有被人遗忘。

我打开信封。这是封用两种文字打印的信件,要求支付养路税、灭虫费以及其他一些我闻所未闻的稀奇古怪的税费。

"这是谁的签名?"我问这孩子。他摇摇脑袋,望着我,不愿靠近我。"是谁让你送信来的?"

"邮局,老小姐。"

"是啊,可谁让你送来的呢?"

"我不知道,老小姐。老小姐必须签字。就说收了这封信。"他掏出一个本子和一小截铅笔。

我把本子放在大腿上,写下"**我没有钱**"几个字,因为手指疼痛,写的是大写字母。

那孩子从我手里取回本子、铅笔,塞进衣服口袋。

"坐嘛。"我说,他跪坐在自己的脚后跟上,"你多大了?"

"十二岁,老小姐。"

"你叫什么名字?"

"皮特,老小姐。"

"噢,皮特,告诉我,你有没有这样干过?"我把左手的拇指和食指捏成一个圈,右手食指往圈里来回穿插。

皮特慢慢地摇摇头,他直勾勾地盯着我这双疯狂的老眼,估摸着何时能一跃而起从我这里逃走。

我向他走近一步,一只手搭在他肩膀上。"你想学吗,皮特?"

蓦地扬起一道尘烟,他跑了,穿过橘树林,跑上堤坝,蹿上大道,手里紧紧地攥住那顶帽子。

这就是那一次来访。

| 239 | 我依然能听到一些说话声。正是与这些语音的交流使我不致变成一头野兽。我肯定,如果这些语音不再对我说些什么,我很早以前可能就放弃了这副表达清晰、伶牙俐齿的嗓子,而开始号叫,咆哮或是嘶吼了。那水手在荒岛上对他的宠物们说:"亲爱的波利!"——他对他的鹦鹉说;"去拿来!"——他对他的狗说。但他一直觉得自己嘴唇僵硬,舌头打结,喉咙嘶哑。"汪!汪!"——那狗猜猜而吠,"哇!哇!"——那鹦鹉高声大叫。水手很快就四肢着地奔跑,用大腿骨棒杀当地的山羊,生吃它们的肉。人之为人并非缘于言谈,而在于他人的言谈。

| 240 | 那些话音通过飞在空中的机器跟我说话。它们跟我说的是西班牙语。

| 241 | 我压根儿不懂西班牙语。但是我马上就抓住了

空中机器对我说的西班牙语的特征。我无法解释这种现象,只能猜测语言的终极状态也许呈现为西班牙语的样式,这并不属于某个西班牙人,而是某种纯粹意义上的西班牙语,例如哲学家们梦想的那种语言;通过这种西班牙语,以我无法察觉的方式传达给我的东西,它如此深刻地根植于我的内心,可见它们只是纯粹的意义。这是我的猜测,我谦卑的猜测。这些话语是西班牙语,却与普世的意义相关。如果我不相信这一点,那我要么只好相信自己亲眼所见之事并不可靠,虽然它可能引起某个第三方不安——但那并不涉及我的话音和我本人,而这两个方面才最重要,因为我们似乎已互相有了信任;要不就是我以翻译手段接连不断奇迹般地介入,须待其他所有的解释都被否决之后,我才能接受这种可能性,我更倾向于接受不那么反常的解释。

| 242 | 我想得如此周详,怎么可能被迷惑呢?

| 243 | 那些说话声并非以简单的方式直接从飞行器上传入我耳中。也就是说,人们不会从飞行器里探出身子朝我大声嚷嚷。其实,如果说那些飞行器大到足以容纳我认知中的人类,也只不过堪堪足以。那些飞行器,看起来像是细细的银色铅笔,生着两对僵硬的翅膀,长的一对在前边,短的一对在后边,通体大约六英尺长,飞行在数百英尺高的空中,比大多数鸟儿都飞得高,因而看上去似乎比鸟儿还小些。它们第一天和第四天由北而南飞行,第二天和第五天则由南而北,第三天、第六天和第七天留下一片空空的天

幕。我发现这些机器运转得很有规律,七天一个循环就是规律之一。

| 244 | 完全有可能只是一台机器每周从天上穿梭四次,并非有四台或是多台机器。在这一点上,我很有想象力。

| 245 | 划空而过的东西更像是机器而不是虫子,因为它那嗡嗡声连绵不绝,它的飞行也很有规律。我管它叫机器。它也有可能就是一只虫子。如果是这样,这玩笑就真是太残忍了。

| 246 | 我听到的言语不是从机器上朝下边的我大声嚷嚷。那些话音更像是悬浮在空中,所有那些晶莹剔透的西班牙语词,它们降落下来,同时渐渐冷却,露珠也是如此,以及寒冬时节的冰霜,它们夜里传入我耳中,或者更为常见的是在黎明之前响起,像水一样渗入我的认知。

| 247 | 我并未受迷惑;即便我被蒙骗,我的错觉也非同一般。我不可能编造出那些对我述说的言辞。它们来自神祇,如其不然,那就是来自另一个世界。

昨天夜里那番话是:当我们在梦中做梦的时候,苏醒的时刻就要到来。我思忖着这段话。我肯定这不是指我现时的状态。我从来没有梦见自己在做梦。我现在根本不做梦了,但睡眠对我来说是一种无忧无虑的被动状态,等着言语找上门来,就像少女等待圣灵降临。我肯定我自己是真的。

这是我的手,这是我的骨骼和肌肉,每天都是同样的手。我踩着自己的脚:这是地面,就像我一样,里里外外都是真的。所以,那个说法准是指涉某个尚未到来的时刻。也许它们是在警告我有一天醒来会觉得自己变得比现在更不切实际、更虚幻,而且,拉开窗帘,第无数次朝外凝视那草原,我看见每一丛灌木、每一棵树木、每一块石头、每一粒沙子自身发出的清晰的光晕,就像宇宙的每一个原子都在回眸睇视着我。那些聒噪的蝉鸣是如此熟悉,我简直充耳不闻,它们会开始在我耳中有节律地跳动,第一下轻柔的搏动像是来自遥远的星球,而后变得响亮起来,直到在我脑壳里发出尖厉的回声,继而又轻柔下来,轻柔而稳定,在我体内振荡不已。我将对自己说什么?我在发热,我的感官此际陷入混乱之中,再过几天,如果我稍作休息,我还会是曾经的自己吗?那些引起发热的细菌(假设发热是由细菌引起的,而且细菌还有翅膀)穿过了七个里格干枯的灌木丛,其间散落着死去已久的美利奴羊的皮毛,它们是出于什么动机?就为了一个干瘪瘪的老处女?不用说别处的收益肯定要丰厚得多。不,我恐怕只能对自己这样说:不能再这样下去了,我正在失去自我,昏睡该结束了,苏醒的时刻即将到来。可我醒来又将发现什么?那几乎就要忘却的、紧绷而愤怒地躺在我床上、胳膊搭在自己眼睛上的棕色皮肤男人?还是我父亲房门外冰凉的走廊,那弹簧床上鬼鬼祟祟的吱嘎声?或者在一个陌生的城市中一间租用的屋子里,我在那儿塞了一肚子腌猪肉和土豆沙拉,整夜躺在床上大做噩梦?抑或,还有别的古怪到无法想象的境况?

| 248 | 那声音说：由于缺乏所有那些外在的敌人和抵抗，囿于某种压抑狭隘而一成不变的生活，人们最终无可选择，只能把自己变成一桩冒险行动。他们指责我——倘若我能理解他们的意思——出于无聊而把自己的生活变成一部小说。不管话说得多么巧妙，他们指责我把自己变得更暴力，变得更加多变，比实际上更会折磨人，好像我是把自己当作一本书在阅读，觉得枯燥乏味了，便丢到一边，自己开始编造起来。我如此理解他们的指责。他们说，我创造了自己的历史，并不是对真正的压抑的反抗，而是对于服侍父亲，管理女仆，辛苦操持家务，多年来一直置身事外的乏味人生的反应；当我没法找到外部的敌人时（那些棕色人种的游牧部落骑手并没有挥舞着弓箭呜呜号叫着从山坡上一拥而下），我便让自己变成了敌人，把那个平静、驯服、对她父亲唯命是从、浑浑噩噩消磨时日的自我变成了敌人。

难道他们作为神祇尚且未看出这一点，我问自己，还是我在故意装作看不见？哪一个更不合乎情理？是我生活的故事，还是那个在沙石荒漠死寂深处的荷兰式厨房里给星期天烤肉涂油时嘴里还哼唱着赞美诗的好女儿的故事？至于想象敌人，那山中令人同情的斗士，永远不会像那个敌人一样可怕——他走到我们身旁对我们说：是，老板。对于那些从来只会说**是**的奴隶，我父亲永远只会说**不**，而我则跟在他后面，这就是我一切悲哀的开始。所以我要反抗。有些事情从空中是看不见的。可我怎么说服那些指责我的人呢？我试过用石头拼出信息，但我得拼出区别来，石头太不

灵便了。我能确信他们能够理解我所使用的语汇吗？如果他们是神祇，是无所不知者，这就不是他们的单一语言主义所能指向的结论。说到底我能确信他们知道我吗？也许他们对我一无所知。也许我一直以为他们在对我说话，但其实是我弄错了。也许他们的话语只是针对西班牙人的，因为我不知道西班牙人已被宣布成为上帝的选民。或者是，也许西班牙人并非居住在我所想象的很远的地方，而就生活在那些山丘上。想想吧。或者，也许我对他们的话语过于上心了，也许他们的本意不只是针对西班牙人，也不只是针对我，而是针对我们所有的人，不管是谁，只要懂得西班牙语，我们所有的人都被指责编造了虚夸的冒险生涯，尽管这一点更令人难以信服，可是没有多少人像我这样有那么多时间可供自由支配。

| 249 | 无辜的受害者对邪恶的了解仅限于受苦。罪犯意识不到自己的罪恶。而无辜的受害者也无法认识到自己的无辜。

对于西班牙语的精妙之处，我在此因自己的无知而深感苦恼。如果那些格言少一些预言性，我会更喜欢。这里的那些话音是在定义什么是犯罪什么是无辜呢，还是告诉我受害者罪犯经历犯罪过程的一种模式？如果是前者，他们难道是在宣称当邪恶被认知为邪恶时，无辜也就此不复存在了？如此而论，我只能以农庄姑娘的身份进入这个被拯救者的王国，而永远无法作为一个自觉的女主人公。我敢说，那时我会招致谴责吗？那些声音会停止对我说话吗？

如果那样的话，我就真的完了。

| 250 | 正是奴隶的意识构成了主人对自己的真实性的肯定。但奴隶的意识是一种依赖性的意识。所以主人就不能确认其权威的真实性。他的真实性存在于某种无关紧要的意识及其无关紧要的行动中。

这些话是指我父亲，指他对仆人的粗暴无礼，指他那种毫无必要的苛刻。但我父亲的苛刻和专横跋扈只是由于他没法承受自己的要求被人拒绝。他所有的命令其实都是隐秘的恳求——甚至我都能看出来。而那些仆人怎么会明白他们能够用最奴性的服从让他从根本上受到伤害呢？他们也能通过我们不知晓的渠道获悉神谕吗？我父亲对他们越来越苛刻，只是为了强化他们的奴性吗？他会像父亲拥抱浪子那样去拥抱一个忤逆的奴隶吗，尽管接下来可能就是惩戒他的举动？我父亲是否被那些声音阐述的悖论折磨：那些人面对他心血来潮的要求完全芦苇般俯首帖耳，在他看来，这是对他的法理的确认，还是对他自己的确认？他们用"是，老板"来回答他，垂下眼帘，藏起笑容，耐着性子跟他耗着，直到他把事情做过头——他们这是以自己的挑衅回应他的挑衅吗？他们准是明白，当他把克莱恩-安娜弄进屋时就已经做过头了。他们在领教他的痴迷之前，准是早就明白这一点了。这就是亨德里克强压下了自尊心的原因？亨德里克难道不明白，即便夜晚一片死寂，引诱安娜其实是我父亲最后一次尝试，试图迫使一个奴隶说出一个自由人对另一个自由人所说的话，而他本来能从我嘴里或是这地方任何一个香艳的寡妇那儿听到这样的言语，只是出自我们嘴

179

里的言语也许都毫无价值？抑或，亨德里克把一切都看得清清楚楚，而且决不宽恕，发誓非要报复？我被放逐于此，难道就是亨德里克的报复？我觉得自己被放逐只不过是受难，对我来说倒并非一桩冒犯了我的罪过，这是否证明了我的无辜？除非有怜悯之心插手其间，否则这场冤冤相报到哪儿才是尽头呢？这话音消遁得太快了。我感谢它们所给予我的。它们的言辞是金子般的。以前我真是没在意，多年来我有幸享有的孤独生活是很少有人能够享有的。天地间自有公道，我得承认这一点。只是那些来自天空的言语所提出的问题多于回答。我嘴里塞满了普世的食物。我会在了解真相之前死去。我要真相，这毋庸置疑，但我更想就此了断！

| 251 | 就是那些石头。当第一台机器开始飞越头顶跟我说话时，我急着想要回答。我便站在屋宅后院石头上面，穿起我偏爱的白袍，就是那件缝补过的白睡袍，挥动双臂打着信号，高喊着回应它们，第一遍用英语，然后，我看出它们听不懂，就用西班牙语。"ES MI，"①我喊道，"VENE！（来啊！）"这样一路

---

① ES MI，在西班牙语中有"是我"的意思，但并非典型的西班牙语用法。后文还有这样一些用大写字母拼出的单词和短语，有的可猜出西班牙语的意思（凡属这种情形，以后在词形后边加括号用仿宋体字样标以大致的中文意思，不再用注释方式说明），有的意思难辨，且似乎混合了类似意大利语或加泰罗尼亚语，但也并非完全是这样；由于作者在表达上故意追求某种支离破碎的效果，所以更加难以辨认。而且，译者认为这些词汇相当程度上系作者有意臆造的语词，似为表现一种"普世"的语言，即第 241 节中所谓"并不是那种地域性的西班牙语，而是某种纯粹意义上的西班牙语"。所以，译者以拉丁语系共有的词根特征给予猜测而译出某种意思。相信这正是作者希望造成的效果。

我继续叫喊着,用的是我以内省的方式、根据基本原理创造出的这种西班牙语。

| 252 |　　这之后我想到,那些机器里的生物也许正在全神贯注中陶醉地飞行,眼睛凝视着无尽的蓝色地平线,间或释出他们的信息,也就是说,他们遨游在自己的好时光里。因而,我拿不准是否该模仿那种典型的海难漂流者,燃起火堆以引起他们的注意。我劳碌了三天,终于垒起一座山一样高的干柴堆。到了第四天,当第一道银光在北边的天空闪现时,我点燃火堆,跑到我发信号的位置。巨大的火焰冲向天际。空气中充满柴火噼噼啪啪的爆裂声和昆虫将死的哀鸣。"ISOLADO(独自一人)!"我对着呼呼的火焰大喊,我四处跳动,挥舞着一条白手绢。机器像一个幽灵似的在我头顶掠过。"ES MI！VIDI！(是我,快来!)"我没有听到回答的声音。

| 253 |　　但我后来意识到,就算机器里的生物说话了,他的声音也会消逝在一片噪音中。再说,我问我自己,他们凭什么就认定这火堆就是某种信号呢?这没准是旅行者生的火,没准是一个丰收的农人在燃烧秸秆,没准是突如其来的雷击引起的草原野火,不就是某种现象吗?毕竟,我显然不是海难漂流者,没有什么迹象表明我不能一步一步地走到最近的邮局去求助,去寻求我所需要的任何帮助,比方说文明的慰藉。

| 254 | 但我转念又想,也许我看错他们了,也许他们很清楚地知道我是一个海难漂流者,他们那帮人在窃笑不已,他们望着我四下跳来跳去,表明自己的与众不同,然而这世上从地平线这一边到那一边,满是点燃私欲之火以彰显自己的家伙。也许我在愚弄自己,也许只有当我放弃自己的歌声和舞蹈,回去打扫房间揩拭家具时才会吸引他们的注意,获得他们的赞许。也许我的举止就像童话故事里那个丑陋的姐姐,在那个故事里只有辛德瑞拉一人获救。也许千禧年已经到来,而我,因为没有历书,没有注意到它的到来,而现在那王子正在地球的最远方寻找他的新娘,而我,心里久已属意这则寓言,用它替自己辩护的寓言,当那有福的一对儿飞向更遥远的星球开始新生活之际,我将发现自己和乡野的土块一起被甩到了身后。我要做什么?我两方面都完了。也许我该进一步思索那些有关无辜者的无辜的言辞。

| 255 | 就是那些石头。因为没能让他们听见我的喊声(可我真的确信他们没听见我吗?也许他们听见了,只是对我不感兴趣,要么这也许不是他们习惯的交流方式),我换成了书写。一星期以来,我自黎明忙忙碌碌地弄到黄昏,推着独轮车穿越草场,运来石头,直到攒成两百多块的一堆,那些圆溜溜的石头,个头有小南瓜大小,堆在屋宅后院的空地上。然后我给石头涂上颜色,一块块地涂,用早年留下的石灰水——我像一个真正的海难漂流者一样,让所有边边角角的玩意儿都派上了用处,总有一天我得一一列出

我还没有用过的东西,然后练练手,找到它们的用武之地。我用这些石头拼镶成十二英尺大小的字母,向我的拯救者们发出信息:CINDRLA ES MI(我是辛德瑞拉);第二天拼成:VENE AL TERRA(来地球上);然后是:QUIERO UN AUTR(我要一个);再是:SON ISOLADO(是独自一人的)。

|256| 我几个星期来就这样拼镶信息,几个星期里尽忙着把石头搬来搬去,补上石头上蹭去的颜色,还在阁楼梯子上爬上爬下,确认自己摆出的线直不直,但我突然想到,我所拼镶的文字严格地说算不上是回应来自天空的言语,只能说是一种胡搅蛮缠。我问自己,面对一个孤凄而悲惨的生物如此大张旗鼓的邀请,何况她年纪也大了,相貌也丑陋,会有人接受邀请到地球上某个地方来吗?他会不会宁愿像躲避瘟疫似的躲开呢?既然如此,飞行器飞过的日子,我便戴上宽边帽子,还开始拼镶一些更文静、也更含蓄内敛的文辞,以求与他们发来的信息风格相吻合,也让我的信号文字变得更有吸引力了。POEMAS CREPUSCLRS(黎明之歌),第一天我这样宣告,我本想用形容词 CREPUSCU-LARIAS(黎明的),但石头不够了。(后来我又用独轮车运来两打添补的石头,在世上这处地方,石头永远不会短缺,虽说机器停飞之后,我不知道该拿这些上了色的石头怎么办,这是我无法消解的一种焦虑,我也许会被迫在厨房门外挖一个墓穴,以备在那庄严的日子来临之际把它们全部埋进去,因为我不想再推着小车把它们送回草原老家,各处扔撒开去,既然它们都在我拼出的信息之中,早已成了兄弟姐

妹。)SOMNOS DE LIBERTAD(我们属于自由),我第二天写道;AMOR SIN TERROR(不带恐惧的爱)写在第四天;DII SIN FUROR(不带愤怒的……)写在第五天;NOTTI DI AMITAD(友谊的……)写在另一个第一天。然后我写下第二首诗,分为六段,以回应各种这些声音的种种控告:DESERTA MI OFRA—ELECTAS ELEMENTARIAS—DOMINE O SCLAVA—FEMM O FILLA—MASEMPRE HA DESIDER—LA MEDIA ENTRE(拒绝我的给予——最基本的选择——奴隶和主人——女人或姑娘——但总想要——不偏不倚的)。不偏不倚!左右之间!我倒霉透了,在这些日子里的第六天,我诅咒自己的命运,因为它夺走了我最需要的东西,一本真正的西班牙语词典!现成的词汇就躺在某个地方的一本书里睡觉,仅仅为了一个连词我却要绞尽脑汁!为什么没有人会用真正发自内心的语言对我说话?适中的、中庸的——这才是我所想成为的样子!既非主人也非奴隶,既非父母也非孩子,只是居间的桥梁,这样一来所有的矛盾都将在我身上得到调和。

| 257 | 然而,我总是以宽谅之心反问自己:说到底,我的那些诗歌,就算能够被理解,又能给那些天空的生物带去什么呢?他们既然能造出飞行机器,那么我搬弄石头、摆弄文辞那点聪明劲儿似乎不值一提。我怎么才能打动他们?FEMM(女人),我写道,FEMM—AMOR POR TU(女人的爱献给你)。继而,我转而拼起象形文字,我把所有的石块拼到一起,组成一个女人仰面躺在地上的形状,她的形体比我

要丰满,她两腿叉开着,也比我自己要年轻,没有时间去顾忌那些了。我站在楼梯顶上打量着这幅图形,觉得这真是太粗俗了,但又太有必要了!我咯咯笑个不停。我真是变得太像传说中的女巫了。也许有人会担心那些飞行员被我这花招诱拐到地球上来,他们会发现自己变成了猪,只能吃泔水过日子了。但也许他们已觉察到这种可能,这就是他们回避我的原因:也许在飞越世上别的地方时,他们会在树顶停留一下,和地面上的人交谈,而当他们在我头顶上高高翱翔时,只是丢下他们的警戒之言。

| 258 |　我同样试图不去理会每晚的信息。人倘若追求无望的冲动,我对自己这样说过,就必将重蹈那喀索斯①自恋的命运的覆辙。一个盲人舞蹈者似乎没有遵守服丧期的习俗,那些声音说,嗬!这一个言语的世界,它创造了物的世界。呸!

| 259 |　最后一个晚上这话音似乎停不下来了,说了又说,不再是简短紧凑的警句,而是一波接一波的长篇大论,这使我疑惑是不是有一个新的神祇在说话,嘲弄我吵吵嚷嚷的抗议声。"放过我,我要睡觉!"我喊道,跺着脚后跟。为了不让被害者变成谋杀者,那话音说,我们毋宁自己去死——如果要让我们自己变成谋杀者的话。每一个生来就

---

①　那喀索斯(Narcissus),希腊神话中的美少年,被视为自恋的象征,死后化为水仙花。

是奴隶的人都是为了受奴役而来到世上。奴隶在自己的锁链中失去了一切,甚至失去了挣脱锁链的欲望。上帝什么人都不爱,它继续说,同样也什么人都不恨,因为上帝不会感情用事,不为悲喜所动。所以那些爱上帝的人施尽浑身解数也无法得到上帝的爱。因为,在渴望得到爱的时候,他希望上帝可别是上帝。上帝是隐秘的,而一切不承认这一点的宗教都不是真正的宗教。"滚开!"我喊道,"西班牙脏货!"欲望是一种没有回应的问题,那声音继续说——我现在可以肯定他们听不见我说话——孤独感是渴望某个位置。那位置就是世界深处,宇宙的中心。如其不然,则无法满足人的欲望。那些抑制自己欲望的人之所以这样做是因为他们的欲望较弱而能够被抑制。上帝通过惩戒邪恶以实现自己暗中确立的目标,因而那些邪恶者无法得到饶恕。上帝也责备那些没有被他选上的人,而正是出于他自己的意志把他们拒之门外。

| 260 | 这些话语成天在我耳朵里喧扰,我对这些煞有介事的唠叨烦透了,话语之中的杂乱无章也让我头痛不已。说什么谋杀者,是在威胁我吗?一个人怎么可能同意自己去死呢?肉体是自爱的,不可能同意自己的消亡。如果我真是一个听天由命的奴隶,不该学会说是了吗?再者,我该对谁说是呢?如果我说话从头到尾都不具反叛性,那我说的又是什么呢?至于说上帝在这片荒漠之地的缺席,对这个我所不了解的话题也没什么可告诉我的。这里的每一样事物都是被准许的。没有什么是受到惩罚的。每一样东西

都被永远遗忘了。上帝忘了我们,我们也忘了上帝。我们不爱上帝,也不指望上帝来眷顾我们。涌流已经停止。我们是上帝的海难漂流者,是历史的海难漂流者。这就是我们孤独感的缘起。我个人不希望置身于世界的中心,我只希望住在这世上的家里,就像一头最卑微的野兽生活在自己的窠里。我不要求得到一切,只要很少的东西就能满足我:首先是无须言语作为中介的生活:只要有这些石头,这些灌木丛,还有我无疑曾感受过而熟识的天空;然后平静地回归尘土。这肯定不算过分的要求。莫非所有来自上界的格言对我们疾苦的根源都熟视无睹?我们的种种疾苦都来自无人交谈,我们的意愿是那么杂乱,没有目标,没有回应,就像我们的言语,不管我们是什么人,也许我只该为我自己说话?

| 261 | 可是除了跟我的声音争执,我还有别的事情要照应。有时候天气不错,就像今天这样,太阳出来了却不是很热,我会把我父亲搬出房间,让他坐在游廊上,用旧扶手椅的靠垫撑着他,这样他又能再度面对旧日的田地,那些景象他都再也看不见了,他又能置身于外边鸟儿的歌唱中,这些声音他也再也听不见了。他看不到也听不到任何东西,我知道他尝不出也闻不到任何东西,谁能想象我的皮肤跟他触碰时他的感觉呢?他已经退缩得很远了,远远地退缩进了他的自身。他就蜷缩在自己的心室里,裹在微弱的血流和脉动中,裹在气若游丝的呼吸里。他压根不了解我。我可以毫不费力地把他搬出来,一副被蜘蛛网拢在一起的枯

槁的人体骨骼模型,如此轻巧,以至我都能把他折叠起来装进一只箱子带走。

| 262 | 我挨着我父亲坐在游廊上,目睹时光的流逝,鸟儿们又在忙着筑巢了,凉爽的微风吹拂着我的面颊,没准也吹在他的面颊上。"你还记得吗,"我说,"我们以前曾去过海边?我们在篮子里塞满了三明治和水果,坐着轻便马车到车站去乘夜车?我们在火车上睡觉,在轮轨的摇晃中睡去,昏沉沉地在加水站醒来,听见远远传来列车乘务员的窃窃私语,然后又睡过去;然后第二天我们到了海滨,我们走到海滩上,脱下鞋子玩水,你抓着我的两只手把我高高举过浪头,你还记得吗?你还记得寄居蟹咬住我的脚指头,我哭了又哭,你扮着鬼脸来安慰我的事吗?还记得我们住过的那个包管膳食的公寓?那食物真是寡淡无味啊,还记得有天晚上你把盘子一推,宣称不想再吃这种垃圾了,然后站起身就离开了餐厅?我也把盘子推开,跟着你走了,你记得吗?你还记得那些狗儿看见我们回来有多高兴吗?有一次老雅各比忘了喂它们,你狠狠地责骂了他,还停了他一个星期的口粮。你还记得雅各比和亨德里克吗?还记得乌-安娜和克莱恩-安娜吗?你还记得乌-安娜那个因事故丧命、带回农庄来埋葬的儿子吗?还记得乌-安娜当时怎样悲痛欲绝,想把她自己也埋进坟墓里去吗?

"你还记得大旱的那几年吗?当时必须得把羊全都卖掉,因为方圆两百英里没有它们吃草放牧的地方。还记得我们怎样奋力重建农庄吗?你还记得养鸡场另一头那棵高

耸的老桑树,一到夏天硕重的果实把树枝压弯了,你记得吗?还记得掉下的浆果都把那一圈地面染成了紫色吗?你还记得那棵丁香树下的情人长椅吗,你曾整个下午坐在那儿倾听木蜂的嗡嗡声?你还记得弗莱克吗,那是一只很棒的牧羊犬,只靠她和雅各比就能把整群的羊赶进羊栏里,记得吗?后来弗莱克又老又病什么都吃不下,没有人肯去射杀她,只能你去下手,事后你很长时间在外边散步,只为了不让人看见你哭泣,你还记得吗?你还记得这事儿吗?"我说,"我们还养过那些漂亮的斑点母鸡,还有一只有过五个老婆、栖息在树上的矮脚公鸡?你都还记得那些事儿吗?"

| 263 | 我父亲坐着,如果能把这称之为"坐"的话,他坐在旧的皮革扶手椅里,凉风吹拂着他的皮肤。他的眼睛什么都看不见,像两堵蓝色玻璃墙,边上一圈粉红。他什么都听不见,除了自己体内的声音,除非是我一直都弄错了,否则他一定听见了我说的所有话,只是不来理会我罢了。他这一天已经放风够了,得把他搬回去了,让他休息一下。

| 264 | 我把父亲安置在床上,解开他睡衣的纽扣,取下他的尿布。有时这尿布上没有一丝污渍;但今天那上面淡淡地沾上了一点,证明他里面的汁液仍在沥出,肌肉仍有微弱的蠕动。我把脏尿布扔进桶里,给他换上新的。

| 265 | 我喂父亲喝肉汤和淡茶。然后我在他前额上吻一下,把他折叠起来过夜。很久以前我曾想过,也许我会最

后一个死去。但现在我觉得在我死后一段时间,他依然会躺在那喘着气儿,等待着他的养料。

| 266 | 但是现在,显然什么事情都不会发生,也许还要过很久,我才能爬进我的陵墓,关上身后那扇门,我一直假设能在阁楼上找到门的一对铰链,然后在那里面迷迷糊糊地进入睡梦,梦中终于不会再有嘲笑和斥责我的声音了。此时此刻,心里满是哀伤,人容易把所有的揣测都凑到一起,理清所有的头绪。我有勇气像一个疯狂的老女王一样死在这茫茫荒野,让考古学家们难以解释她的死因,因为她墓中用石灰水画满了上界神祇稚拙的画像?抑或,我将会屈从于对理性的恐惧,因而以我们新教徒所知的唯一的忏悔方式向自己解释我自己?像一个灵魂完整的谜一样死去,还是把我所有的秘密倒空后死去,我别具一格地向自己提出这个问题。举例而言:我是否曾向自己充分解释过,为什么我没有逃离农庄,也没能在我深信文明世界中到处都有的救济站里死去,床边摆着图画书,地下室里堆着一摞空棺材,一个训练有素的护士把那枚古希腊银币搁在我的舌头上?我是否曾讲过,是否理解一直以来我在这法外之地所做的事情,在这儿,法庭碰上乱伦这类事儿总是放人一马,在这儿,我们以原始的方式浑浑噩噩地消磨时光——我,一个聪明姑娘,有着能在钢琴琴键上弹奏的灵巧十指,有着写满十四行诗的纪念册,以这二者来弥补自己身体素质上的不足也许能成为一个好妻子,一个勤劳、节俭、自我牺牲、忠诚,甚至偶尔充满激情的好妻子,是吗?我在这野

蛮的边陲都做了些什么？我毫不怀疑，因为这些不是毫无价值的问题，所以在某个地方会存有全套的文献资料等着为我解答这些问题。遗憾的是，我无缘得见；而且，我总是感觉到还是从自己肚子里编造出那些答案更容易些。我确信，诗歌是有的——歌吟哀怜 Verlore Vlakte① 之心，歌吟丘峦夕照的忧思，歌吟羊儿挤在一起抵御夜晚的第一阵寒意，歌吟远处风车的隆隆转动，还有第一只蟋蟀发出的第一声噻噻声，相思树上鸟儿最后的啁啾，农庄大宅石墙上仍然留着的太阳的暖意，厨房里透出的安详的灯光。这些都是我自己所能写出的诗歌。城市人花了几代人的时间才摆脱了对乡村的乡愁。我此生永远不会忘记它，我也不想这样。这个被遗弃的世界的美，已经腐蚀了我，深入骨髓。说真的，我永远也不想和天上那些神祇一起飞走。我一直都希望他们降临地面，和我一起在这儿过着天堂般的生活，以他们馨香的呼吸补偿我所有的缺失——我所认识的最后的幽灵般的棕色人影连夜悄然离开我后我所失去的一切。我一直都没有感觉到我是另一种人的产物（此刻他们来了，渐近渐响的轰鸣声多么甜美），我已经用自己的心声原原本本地讲述了我自己的生活（这是何等的安慰），我在我自己命运的每一时刻都做出了选择，选择死在这石化的园子里，在那些紧闭的大门背后，挨着我父亲的骸骨，在一个回响着赞美诗的地方，那些赞美诗我本来可以写出却没有写，因为（我以为）它太容易了。

---

① 南非语：失去的平原。

译 后 记

| a | 《内陆深处》是库切的早期作品,却是他最费解的作品之一。这是一部相当诗意化的小说,行文带有玄思臆想的美感,通篇的阴暗色调好像粘连着无限思绪,从黑暗深处向无边之域弥散,间或带出明快的抒情段落竟是那么触目惊心。这几乎就是散文诗,很容易让人联想到尼采的《查拉图斯特拉如是说》和鲁迅的《野草》。当然,它是小说,自有小说的叙事目标,这个弑父的故事有着扑朔迷离的情节和难以揣测的个人命运。书中采用了一种罕见的叙述手法,即以第一人称的叙述主体讲述一桩桩真假难辨的事件,其实是一个不确定的自我。女主人公直率的告白充满怨恨口吻,甚至往往是一连串恶毒的污言秽语。奇怪的是,那些粗鄙的言语丝毫没有村俗之气,嵌套在优雅、隽永的文辞中间倒是形成了一种叙述张力。所以,直白的言诉也成了词语迷宫的一部分,同样变得隐晦难解。

| b | 为什么要设置一座迷宫?一个要向世人表明自己非凡才华的作家,起步之初何以采用这般隐晦、曲折的笔法,偏偏要写这样一个巫婆似的老处女,写那些怪癖的、孤

独的、疯狂的、睿智的……近乎发了疯的内心独白？我在电脑上敲着字,一边翻译这本书,一边向不在场的作者频频发问。

| c | 如何理解这样一个弑父的主题？我问自己。自幼丧母的玛格达已经长大成人,可是身在荒漠中的农庄她没有自己的生活。"在这非洲的夜晚,那些痛苦、嫉妒和孤独的生灵都在做什么？一个女人透过窗子瞥视着黑夜意味着什么？"玛格达没有爱,她连父爱也不曾有过,可是父亲依然是她心中之爱。在农庄,父亲就是专制的君主,他搞上了佣工的女人。那是六个月前佣工亨德里克娶来的新娘——"他们坐着驴车咯噔咯噔地穿过田野,身后扬起从阿莫埃德一路带来的长长的尘埃"。而玛格达眼里却是一幅与此相叠的画面,那是他父亲带着他的新娘回家了——"他们乘坐一辆双轮轻便马车,拉车的马匹前额舞动着一支鸵鸟羽毛,咯噔咯噔地穿过旷野而来,身后拖曳着一长溜的尘雾"。这是她的想象,她还想象着自己半夜里手持短柄斧去砍杀他们,想象自己如何处理那两具尸体。真是想象的情景吗？那一切都写得如此真切,以至下一次用步枪射穿她父亲的肚皮时你会嘀咕那究竟是真是假。

| d | 如何理解现实与梦境交错的话语意图？我想,这不仅是表现哈姆雷特式的犹豫,是否也与玛格达的救赎相关？在跨越不同层面的叙述语态中,库切用自我复制和自我颠覆的手法不断强化女主人公的内省风格,她一直都在省察

人的欲望(占有的欲望),一直都在考虑如何填补生命的缺失,一直都在寻找灵魂的慰藉。所以,事情就像进入了一个奇怪的梦境,明知道自己在做梦,而且还拼命告诉自己我在做梦,在做噩梦。可又怕醒来发现自己竟是在另一个梦里。谁知道这梦的外壳还裹着多少个梦?

|e| 如何理解库切书中描述的主仆关系?我拿不准这是不是一个值得深究的问题。有评论说这里表现了南非前殖民者与被奴役者之间复杂的隐喻关系。也许吧,我不想否认这种阐释的可能。身为白人的玛格达是跟佣工的孩子一起长大的,她并不鄙视被奴役的有色人种。这位农庄主的女儿与佣仆之间的关系很微妙,"既有孩子般的抱团劲儿,又有一种距离感"。她每天朝亨德里克投去平静的目光,他们"以轻松流畅的舞步旋过岁月",当农庄的暴君强占了他的妻子后,她用枪火解决了问题。夸张地说,她成了他们的解放者。

猥琐的人生使她在感觉中把自己变成了"一个悲惨的黑人处女",变成了"一个做苦役的女人",变成了"一个可怜的外省黑女人",她总是在想象中给自己代入另一种身份。这似乎有点离奇,倒也不难理解。她甚至还一再把自己描述为虫豸——"把卵化的黏液从自己身上舔下来,然后蠕动着爬向农庄大宅……"

玛格达的父亲死后,书中出现了短暂的欢快情形。从第152节至第168节,玛格达和亨德里克夫妇一起打理善后事宜,从封窗封门到制作新窗帘,还有一节童话般的锯房子的一幕。"劳动把我们联系在一起。劳动不再只是亨德里克分内之事。……我们真诚的汗水流淌在一起,怀着隐秘的激情。"叙述者的独白从"我"变成了"我们"。然而,事情并没有到此为止,狂欢之后危机接踵而至。

| f | 玛格达终于跟亨德里克搞上了。是亨德里克强暴了她(看上去好像是这样),农庄已无暴君,主仆关系似乎颠倒过来了。亨德里克穿着死去的主人的华丽服饰到处闲逛,什么事情都带着一股撒野的劲儿。玛格达颇感委屈,这男人丝毫没有温存的意思,而且根本不会用言语表白自己。羞辱难当的玛格达终于万念俱灰,有时她觉得,"他要的就是我的这份羞辱感",可是她又想,"亨德里克也许占有了我,但这实际上是我拥有一个拥有我的他。"

| g | 一切都是玛格达的叙述,亨德里克永远无法表述自己。

当寻访玛格达父亲的邻人来过之后,亨德里克就带着妻子趁夜开溜了。他担心玛格达弑父的案子搞到自己头上。

| h | 如果要对这部作品做一个概述性的评价,我想还是瑞典文学院那班老先生们的说法最为稳妥(他们当然称得上是库切的知音),他们在诺贝尔文学奖授奖词中写道,"……《内陆深处》出现了另一种注重心理描述的风格。一个与父亲一同生活的白人老处女发现了令人忧心的事实,

她父亲和一个有色人种年轻女子有着不正当关系(瞧老先生们的口气!),她幻想着把他们两人都杀死,而实际上所有的一切都透露出这个老处女想跟家中的男仆保持苟合之事。那一系列的事情并无明确的结局,读者唯有从她的笔记中去寻找线索,但笔记中真真假假的记录交错混杂,粗俗与优雅的笔致并行其间。爱德华七世时期描写女性内心独白那种矜夸的文体与非洲大地的自然环境极为和谐地融合在一起。"

| i | 老先生们概括得很到位,可是他们仁慈地撇开了库切笔下绵绵不绝的怨恨、刻毒与恶言恶语,撇开了蝙蝠、蜘蛛、螳螂、甲虫、苍蝇什么的,撇开了洞穴与骸骨,荒漠与时间。而在情欲、谋杀和种族关系的背后,所有的黑暗意象列队而来,冲破那些时间的迷障,行进在历史的当下时刻。

玛格达的怨怼是因为无人对话,"人之为人并非缘于言谈,而在于跟他人的言谈"。在这干涸的内陆深处,孤寂是一个更大的主题。

| j | 没有了暴君,没有了亨德里克和克莱恩-安娜,没有了老雅各比和乌-安娜,羊群和狗也没了,只剩下玛格达和这乌有之乡。风还刮着,雨还下着,花儿依然艳丽,彩虹还是那么灿烂,故事还在发展,恍惚有了上界的神祇和来自天空的言语。玛格达渴望结局,可是没有结局。

| k | 关键词:乌有之乡(nowhere),在场/不在场(pres-

ence/absence），中间物（medium），进入（into），空、无（emptiness），言语（word），声音、语音（voice）……

每次碰上 nowhere 这个词,我都颇费斟酌,"不存在的地方""不知名的地方""乌有之乡"……怎么处理好呢？这是库切十分偏爱的一个词语,我译过他的三本书里都时不时地出现。我觉得这恐怕就是库切的"内陆深处"。

| l | 第一次翻译库切是他的成名作《等待野蛮人》。当时的感觉是:虽然难点多多,时不时会遇上让人发蒙的问题,但日复一日沉浸在阅读和翻译带来的几乎不能自拔的欢喜之中似乎都忘记了自己正赤足穿越荆棘丛（瞧,这好像是玛格达的修辞方式,如果这读来觉得拗口,还带着几分矫情,那不是我的错,我已经让玛格达那些充满奇思遐想的密密匝匝让人透不过气的长句子给整惨了）。当时,为了一个令人费解的名词去信向他求教,他给了我典型的"库切式"回答:就这么译吧,没别的意思,如果有,那就让读者猜吧。——对不起,后半句话是我加上的,因为库切打死也不会把话往明里透露一丁半点。他要是像玛格达那样喜欢唠叨就好了,在这本译成中文仅有十几万字的书中我能搜罗出一百个问题。

| m | 这部作品的书名也是典型的"库切式"的:In the Heart of the Country——随你怎么想,真像是走入了无边之域。记得他刚获得诺贝尔文学奖那一阵,媒体上几乎提到了他所有作品的书名,别的书名也有翻译上的分歧（如

Foe,是译《敌人》还是译《福》),但唯独这本书的译名五花八门:什么《来自国家的心脏》《国之中心》《在国家中心》《国家心》《在祖国的心脏》《在祖国的心灵中》《乡村中央》《在乡村的深处》……看上去每个译法都有道理。二〇〇四年初,浙江文艺出版社出版"库切小说文库"时想到书后要附入诺贝尔文学奖授奖词和受奖词,便嘱我赶译。授奖词里自然提到了这本 In the Heart of the Country。我当时没看过原著,只觉得这是最难搞定的一个书名,好在刚译完《等待野蛮人》,对他的语言思维风格算是有了一点了解,所以鬼使神差地就把这书名译成了《内陆深处》。今天,我还真的成了这本书的译者,在译完整个这部作品后,我的感觉是,比起那些"国家"和那些"心脏","内陆深处"至少像是库切想要的书名。

| n | 在翻译这本书的过程中,时常会有一个怪念头从我脑子里冒出来:库切作品的翻译工作是否适合女性译者?论其笔致细腻、情感曲折、意象丰富,好像应该是女性译者的活儿,可是其作品中同样充满着理性和思辨意味,即便是这样一个乡野村妇的故事也有着宏大叙事的思想力度,他会把很感性的东西扯向哲学,那些闲言碎语不经意间变得十分有力了。这是库切的高明之处,是他的独门暗器。玛格达说,女人都不是哲学家。可是她自己就是满脑子形而上的思绪,她对着墙纸上的玫瑰图饰都会沉入玄思:"……我抱着胳膊,不停地摇晃着自己进入虚空,那些知识离我而去,只剩下这些花朵在散发着活力,以使它们与自身融为一

体,彼此相交,演绎着纯真造物的出神入化,就像草原上那些石头和树丛都有着哼哼唧唧的生命表征,它们是如此幸福,而这幸福无法形诸言辞,因为我在这儿使它们对自身形体的种种特性产生感应,那些特性表明我永远不是它们,而它们也不是我,我永远不会对纯粹的自我产生痴迷的感觉,它们(唉,可惜不是我)永远在那儿发出自己咿咿呀呀的言语,把我打造或一再打造成另外一种东西,另类之物。"碰到这样的段落真让人有点晕菜。

| o | 还有那些充满血腥味儿的丑恶场面,还有别的。库切的描述虽都着墨不多,却是笔力饱满,写得很透。玛格达喋喋不休的言诉无不烙有残酷的印记。譬如,她从镜中打量自己丑怪模样的一幕,父亲中枪后房间里满是苍蝇和恶臭的场景,亨德里克和克莱恩-安娜走后农庄大宅遍地灰尘和蜘蛛网的颓败之相,所有这些在我看来都极度折磨神经。这就是内陆深处一个孤独的低声饮泣的灵魂,一番层层剖露兜底而出的告白。这番告白简直太恐怖了。

| p | 我喜欢书中这样的句子:"我确信,诗歌是有的——歌吟哀怜 Verlore Vlakte 之心,歌吟丘峦夕照的忧思,歌吟羊儿挤在一起抵御夜晚的第一阵寒意,歌吟远处风车的轻鸣,还有第一只蟋蟀发出的第一声嚁嚁声,相思树上鸟儿最后的啁啾,农庄大宅石墙上仍然留着的太阳的暖意,厨房里透出的安详的灯光。这些都是我自己所能写出的诗歌。城市人花了几代人的时间才从心里积攒起如许乡愁。"这是

小说结尾时玛格达的内心独白。可是,库切的主人公不光是怀有"如许乡愁",她的倾诉甚至还有描述大便的情节,父女两人"六天一碰头"的排便周期使她总在那儿比较厕坑里老爹和她自己的排泄物,那逼真的描述绝对让人受不了。还有她往墓穴里拖拽父亲尸体的情形,每一句话都让人毛骨悚然。我曾翻译过斯蒂芬·金的作品,都说老金的作品血腥恐怖,可是比起库切骨子里那种阴森骇人的劲儿,斯蒂芬·金倒像是给大人讲鬼故事的小孩子了。

| q | 结尾之前,第251节至257节出现的那些所谓西班牙语简直让人摸不着头脑,那是玛格达用以回应天空中"机器里的生物"的语言。我请教过母语为西班牙语的同行,这种似是而非的"西班牙语",又像意大利语又像葡萄牙语又像加泰罗尼亚语,实际上是以拉丁语系共有的词根特征拼凑的四不像。玛格达猜测语言在其终极状态也许是呈现为西班牙语的样式,这里似乎要弄出一种"普世"的语言。她自己也说,"这并不是那种地域性的西班牙语,而是某种纯粹意义上的西班牙语,诸如哲学家们梦想的那种语言"。库切这一手玩得让人瞠目结舌。为什么在语言问题上大做文章,英语世界还孤独吗?

| r | 我曾读过库切对其作品的不同语种译本的点评文章,他说通过懂外语的朋友和版权代理人对自己在各国出版的译本有一个基本的了解。他一字不提译者的辛苦劳动,却毫不留情地批评了几个译本的错谬之处。看到他给

别人挑错的地方自己还憋不住地笑了,但是旋即就闭嘴了,因为我很清楚在翻译这一行出错的概率有多大。尤其是面对库切的作品。

文　敏
二〇〇六年三月十日于杭州西苑